© 2022, Lise Bourdin
Édition : BoD – Books on Demand, info@bod.fr
Impression : BoD – Books on Demand, In de Tarpen 42, Norderstedt (Allemagne)
Impression à la demande
Dépôt légal : Mai 2022

Ce livre a été rédigé et publié avec l'aide de Katia Pavlounovsky, écrivain biographe : katia.pavlou@laposte.net – 07 68 84 24 75

Copyright Lise Bourdin et Katia Pavlounovsky, juillet 2020
Toute reproduction, adaptation ou traduction partielle ou totale, de la présente publication est interdite sans autorisation écrite des autrices

ISBN - 9782322419852

Lise Bourdin

Derrière la balustrade
ou la vie fracassée

récit

1- Un jour à Suresnes	7
2- Les Bourdin/Tisorin	21
3- Les Crouzet/Saar	39
4- René & Germaine à Néris-les-bains	53
5- La vie à Vichy	59
6- Sanary	67
7- Retour à Vichy	73
8- Après la séparation	79
9- Germaine	95
10- Conclusion	109

1. Un jour à Suresnes

En 1983 j'ai acheté une maison à Suresnes. C'était un petit pavillon de banlieue, en très mauvais état que j'avais pu payer au comptant en vendant un magnifique bijou. À cette époque, bien avant ces années de spéculation immobilière qui font de Paris et de sa banlieue Ouest des zones réservées à une population de plus en plus fortunée, on trouvait toutes sortes d'opportunités à des prix très accessibles. J'ai passé quelques mois à sillonner tout l'Ouest de Paris et à visiter des maisons avant de tomber sur ce pavillon en briques des années 50 : avec sa petite véranda et son jardin, il m'avait plu.
À ce moment-là, j'avais quitté mon appartement du Champ de Mars où j'avais vécu pendant trente ans, mais j'habitais encore Paris, rue Octave Feuillet dans le XVIe arrondissement. J'avais contacté des ouvriers, maçons, charpentiers et plombiers afin de remettre cette maison en état. Je me souviens de la tête de mon compagnon, Raymond Marcellin lorsque je lui avais montré mon acquisition avant le début des travaux. Il était consterné. Il avait dit à mon frère Roland, « mon cher, je crois que votre sœur est folle » !

Mais je n'étais pas folle. Pendant plusieurs mois, j'ai dirigé un chantier de rénovation complet puisque j'ai repris ce pavillon de la cave au grenier. Je me levais chaque jour à 6h du matin et j'étais sur le chantier avant 8h. J'ai fait refaire des fondations complètes, creuser un sous-sol dans lequel j'avais créé une cave à vin. J'avais installé une cuisine en rez-de-jardin et fait transformer le rez-de-chaussée en un grand living où j'ai accueilli par la suite de nombreux amis. Enfin, j'avais fait aménager les combles que j'avais dotés d'un chien assis pour y nicher un agréable bureau-bibliothèque-salon-de-musique où je m'installais pour écouter les disques de ma collection.
J'ai toujours adoré ça : imaginer une maison, la transformer, la décorer. C'est une activité que j'ai aimée et enfant déjà, j'occupais mes insomnies de cette manière. Je pensais à une maison ou à un appartement et je le refaisais dans ma tête, pièce par pièce.

À l'époque du pavillon de Suresnes, je partais de bon matin, je montais sur mon petit vélomoteur, et en un quart d'heure je rejoignais le chantier. Je me souviens encore du trajet : je rejoignais la porte Maillot pour traverser le boulevard périphérique et arriver à Neuilly. Là j'empruntais successivement le boulevard Maurice Barrès, le Boulevard du Commandant Charcot et le boulevard Richard Wallace, je retraversais la boucle de la Seine et j'arrivais à Suresnes. C'était à l'époque une petite ville tranquille, sans prétention mais dont la gestion communale avait été jusque-là absolument déplorable. Népotisme et clientélisme avait eu un effet très

négatif sur son économie. La situation s'améliora par la suite avec l'élection d'un nouveau maire qui assainit les choses. Je m'étais bien renseignée avant d'acheter.
Quoi qu'il en soit, on avait encore à cette époque en arrivant là-bas la sensation d'avoir franchi les limites de la grande ville et on savourait encore l'illusion d'être « ailleurs », au calme, loin de l'activité trépidante de la Capitale. Cela n'a malheureusement pas duré très longtemps... Les premières années de mon séjour à Suresnes, je pouvais encore garer ma voiture devant chez moi, mais assez rapidement, cela devint impossible.

Ainsi, je retrouvais chaque matin de bonne heure les ouvriers que j'avais engagés pour remettre cette maison en état. Au fur et à mesure de l'avancement des travaux, je vendais un bijou et j'ai pu ainsi faire de ce vilain petit pavillon, une jolie maison dans laquelle j'ai vécu pas loin de 30 ans.

Mon frère Roland, l'aîné de notre fratrie et qui me précédait de 3 ans, habitait de l'autre côté du bois de Boulogne, Boulevard Flandrin, près de la mairie du XVIe. Il avait été pendant 15 ans manager de l'Orchestre de Paris, et ne s'était jamais marié. Nous étions très proches l'un de l'autre et notre complicité, née dans l'enfance ne s'est jamais démentie.
Il venait régulièrement me voir à Suresnes, je préparais des repas qu'il aimait et que nous partagions parfois avec mon compagnon...

Un jour de septembre 2000, Roland était venu déjeuner avec moi. Il était déjà assez fatigué, il approchait les 80 ans, et souffrait déjà de la maladie de Parkinson. Comme notre mère, Roland avait traversé la vie avec une santé assez fragile.
Nous avions fini de manger et nous étions installés au salon. Nous avions bavardé de tout et de rien, et comme souvent il s'était allongé sur un lit de repos XVIIIe que j'avais au living. Pour ma part, j'avais rapproché un large fauteuil et je lui faisais face. Il me parlait des derniers concerts qu'il avait écouté. Malgré sa fatigue, il n'avait pas renoncé aux plaisirs de la musique et continuait de se déplacer au gré des invitations. Roland était très mondain.

« _ Tiens, la semaine dernière j'ai été écouter un concert dans une petite ville de l'Yonne, et il y avait un bel hôtel ancien qui m'a fait penser à celui où nous avons habité avant que Papa ne décide de nous installer à Vichy. L'Hôtel Léopold et Albert Ier de Néris-les-Bains. Tu te souviens ?

_ Bien sûr ! C'est même là que se situent mes premiers souvenirs. Je me souviens très bien de notre appartement au rez-de-chaussée et des jardins en terrasses. Tu te souviens des jardins, toi ? Des arbres fruitiers et du potager ?

_ Oui, c'était très beau. Je me souviens de nos chambres à l'hôtel qui donnaient sur cette très jolie cour avec la baignoire romaine... et aussi de la grande allée d'œillets du potager qu'on cueillait pour décorer les tables du restaurant.

_ Oui, le jardin, et la jolie tonnelle entièrement couverte de roses pompons... Tous les rosiers ! Des tas de rosiers, de toutes les couleurs et qui embaumaient...
_ Ah oui, les rosiers... Le jardin était exceptionnel.
_ Oui, je me souviens de tout cela, aussi parce que je suppose que cela a été une époque merveilleuse de notre vie. Maman était belle et heureuse. Qui aurait pu imaginer à l'époque que tout ceci disparaîtrait, que nos parents se sépareraient de cette manière ? »

Roland ne dit plus rien, je le sens s'assombrir. Comme moi, la séparation de nos parents, survenue en 1935, alors que j'avais 9 ans et Roland 12, nous a laissé de profondes blessures. Je parle de séparation, mais en réalité, je devrais parler du « départ de mon père ».
Roland n'est pas un expansif mais je sens que ce petit retour en arrière le plonge dans la mélancolie.
C'est peut-être justement ce sentiment qui provoque alors une confidence soudaine de ma part.
« _ Roland, il faut que je te dise quelque chose ».

Son prénom que je prononce tout à coup alors que nous sommes seuls donne un caractère soudainement solennel à notre discussion. Mon frère, à moitié allongé sur son lit me regarde fixement. Il a l'air inquiet et ne dit rien. Il attend ma confidence comme s'il avait toujours su que j'allais parler.

Chaque année, dans le milieu bourgeois dans lequel nous avons grandi, mon père louait une villa pour les vacances. Celles-ci se déroulaient pendant tout le mois d'octobre : c'était la fin de la saison thermale, et pour mon père qui était directeur d'un hôtel à Vichy, c'était le début des vacances. En 1932, il loua une très jolie villa à Sanary-sur-mer, une ravissante commune du Var. Il aimait beaucoup la Méditerranée et il faisait également plaisir à ma mère qui avait grandi dans le midi.

Sanary était une charmante station balnéaire, pas très loin de Bandol, à une quinzaine de kilomètres de Toulon, et en cette saison, le temps était très agréable. Les grosses chaleurs étaient passées, mais la douceur du midi nous assurait une arrière saison très plaisante.

La villa louée par mon père était une belle maison, grande, pleine de soleil, bien située dans le village. Elle faisait partie de ces villas construites par la bourgeoisie du XIXe siècle qui avait commencé à investir cette merveilleuse région au climat exceptionnel.

Le rez-de-chaussée était occupé par la cuisine, un grand salon et une salle à manger, et un grand escalier montait depuis le vestibule jusqu'au premier étage où se trouvaient toutes les chambres.

Nous passions toutes nos journées avec ma mère qui s'occupait constamment de nous : nous allions à la mer, nous faisions de grandes balades dans les pinèdes.

C'est dans ce cadre idyllique que notre vie a pourtant basculée.

« _ Tu sais que j'ai toujours eu le sommeil difficile, je m'endors tard et je me réveille pour un rien. Dans cette villa de Sanary, je pense que c'était en octobre 1932, je n'avais pas tout à fait 7 ans. Une nuit j'ai été réveillée par des cris. C'était fort, j'entendais Papa crier, et puis Maman aussi… elle criait, et elle pleurait. Depuis mon lit, j'entendais tout cela et j'étais terrifiée. Malgré l'heure tardive et l'énorme angoisse que j'ai éprouvée en entendant ces cris, je me suis levée. Je suis sortie de la chambre et je me suis approchée de l'escalier. Les pièces du bas étaient éclairées, il était peut-être minuit ou 1 heure du matin. Depuis le premier étage où je me cachais derrière la balustrade de l'escalier, j'ai vu Papa dans un état de fureur incroyable qui poursuivait maman un pistolet à la main. Je ne me souviens plus de ce qu'il lui disait, mais je me souviens qu'il la menaçait de la tuer et qu'elle criait et qu'elle pleurait. J'ai vu tout cela depuis le premier étage, tapie, accrochée à la rambarde de l'escalier. J'étais bouleversée, terrifiée, mais j'ai fini par retourner me coucher. Et puis… je n'ai jamais rien dit à personne. Pourtant, je dois te dire que cette scène a marqué pour moi la fin d'un monde, la fin d'une enfance paisible et joyeuse… »

Mon frère Roland me regarde, il ne dit toujours rien, mais je sais qu'il me croit. Il ne manifeste ni étonnement ni ironie, il est là, songeur et silencieux. Son beau visage de vieil homme est serein, peut-être à peine un peu triste, mais très digne.

« _ Tu sais, ce qui est fou, c'est ça aussi : c'est que je te raconte ça là, aujourd'hui, près de soixante-dix ans après. En fait, cela fait soixante-huit ans exactement que j'ai ce souvenir en tête, et que je n'ai jamais raconté cela à personne. Je n'ai jamais interrogé Maman à ce sujet, encore moins Papa, je n'ai jamais confié cela à une amie, pas même à notre grande amie Nicole. Même Raymond ne sais pas cela. Cette scène dont j'ai été l'unique témoin, cachée derrière la balustrade de l'escalier, me hante depuis très longtemps, et je sais que si j'ai été spasmophile par la suite, c'est à cause de cette vision terrifiante de Papa voulant tuer Maman. »

Roland se relève et pose son verre. Même s'il ne dit rien, je sais qu'il est touché, pour ne pas dire bouleversé.
Il ne dit rien de plus et je sais qu'il va partir. Plus jamais nous ne reparlerons de cela, je ne saurai jamais ce qu'il a exactement éprouvé ce soir-là, même si je peux le deviner.

Et moi ? Que m'a fait cette scène ?
Raconté comme cela, en quelques lignes, elle paraît anodine finalement. C'est une scène de dispute comme en ont beaucoup de couples, avec évidemment un élément supplémentaire et assez violent, l'arme à feu brandie par l'homme et pointée sur la femme. Je suppose aujourd'hui que mon père n'avait pas vraiment l'intention de tuer ma mère. Cette arme qu'il a brandie ce soir-là sur elle, ne lui a servi que d'instrument de menace et à se prouver peut-être qu'il dominait la situation. Ma

mère qui était plus jeune que mon père – elle avait 8 ans de moins que lui – avait pourtant un caractère assez tranché, et elle ne se laissait pas facilement impressionner par son mari. Je suppose que cette arme a été pour mon père une façon de lui montrer qu'il était plus fort qu'elle et qu'il aurait toujours raison, en dernier ressort.

Mais dans mes yeux d'enfant cette arme était bien sûr plus que cela. Elle était non pas un objet symbolique mais une arme réelle prête à tuer celle que j'aimais tant. Car j'adorais ma mère. C'était une femme très belle, une mère adorable et même si elle se pliait aux convenances de l'époque, elle avait du caractère. Cette mère que j'aimais tant m'est apparue cette nuit-là injustement menacée et à la merci d'un homme qui m'avait semblé l'aimer jusque-là.

Cette scène a produit un grand changement en moi. De la fillette espiègle et rieuse que j'étais, je suis devenue une enfant triste et renfermée. J'ai subi un choc terrible, dans tout mon être. Il faut s'imaginer ce qu'une enfant heureuse de presque 7 ans, vivant avec des parents beaux et unis, un frère aimé et deux frères plus jeunes peut éprouver. Cette violence, ce pistolet, la terreur de ma mère me firent entrer brusquement dans un monde que je ne connaissais pas, que je ne comprenais pas et que je n'ai compris que des décennies après. Mais cette scène-là, cette nuit-là pour l'enfant que j'étais s'est enfouie dans mon cœur et dans ma tête. Ce secret a donc été gardé en moi pendant toutes ces années. J'ai été dans l'incapacité d'en parler à quiconque. Cela m'a rendu solitaire. Pendant toute ma scolarité, j'ai été assise seule à l'école, sur le dernier banc de la classe, j'allais pleurer dans un coin pendant la récréation et je ne jouais pas avec les autres. J'étais toujours cette petite fille cachée derrière les barreaux de l'escalier, cette nuit-là, assistant à cette horrible scène.

La séparation de nos parents a également été celle de notre famille en deux groupes distincts. Tant que mes frères plus jeunes étaient encore petits, ils sont restés avec ma mère qui s'occupait d'eux. Mais dès qu'ils furent assez grands pour se passer de ses soins maternels (ils avaient respectivement 11 et 9 ans) Albert et Henri partirent habiter chez mon père. Ce n'était pas très loin (nous habitions tous Vichy) mais symboliquement cela marquait une division. Fatalement ils se sentirent plus proches de notre père qui les accueillit dans l'aisance et le confort que nous ne connaissions plus chez ma mère : au contraire à partir de leur séparation, elle vécut dans une forme de pauvreté cachée.
Roland et moi étions restés avec notre mère. Nous étions tous les deux très proches d'elle, et personnellement je n'ai jamais pu envisager de rejoindre mon père (et la vie aisée qui allait avec) après ce qu'il avait fait à Maman.
C'est ainsi que nos « affinités » furent marquées et que, même si cela n'était pas dit officiellement, chacun savait à quel « clan » il appartenait. Roland et moi étions dans celui de Maman, tandis que mes trois jeunes frères, Albert, Henri et Jean étaient du côté de Papa.

L'événement qui survint cet automne-là et qui entraîna deux ans plus tard la séparation de nos parents marqua pour moi une rupture définitive.

Et lorsque la séparation se réalisa concrètement elle coupa également en deux notre fraternité. Les circonstances de la vie, l'ordre de nos naissances, ajoutée aux tempéraments de chacun d'entre nous, nous ont réparti de part et d'autre d'une invisible frontière. Il serait faux d'affirmer que cela a marqué des hostilités entre nous. Mais je sais que cela a influencé nos parcours respectifs.

Ainsi cette scène a marqué pour moi la fin d'une enfance heureuse et insouciante. J'avais été une petite fille gaie et souriante, je devins triste et taciturne. Tous mes repères furent pulvérisés. À partir de cet instant, avec ces images gravées à jamais dans mon esprit je sais que plus rien ne sera comme avant, je sais que les choses n'ont plus le même sens. Avec cette scène c'est le doute qui entre en moi, l'angoisse.

C'est cet événement qui a déclenché en moi la spasmophilie, ce mal dont j'ai souffert toute ma vie et dont la première crise survint précisément un mois après la scène du pistolet, en novembre 1932, au moment où je suis entrée à l'institution Sainte Jeanne d'Arc. C'était une école catholique de Vichy où les jeunes filles de bonne famille faisaient leurs premières classes.

Quelques jours après ma rentrée, j'étais appelée avec deux ou trois camarades près du bureau de la maîtresse : nous étions alignées, les mains derrière le dos et la maîtresse tenait un livre ouvert sur ses genoux. À tour de rôle, nous devions lire ce qui était écrit. Je lisais très bien, de manière articulée car ma mère nous avait appris très jeunes à lire et à « mettre le ton ». Grâce à cela, je parvenais à surmonter ma timidité naturelle. Pourtant, tout à coup, ce jour-là, un énorme fracas se fit dans ma tête, quelque chose qui ressemblait au bruit d'un train qui l'aurait traversée de part en part. À ce vacarme horrible s'ajouta une douleur violente dans tout mon corps, jusqu'à ce que... plus rien... je m'écroulai par terre, raide et froide, comme morte. J'ai su après que je restai ainsi plus d'une heure. La directrice, entre-temps, appela mon père qui vint me chercher en voiture et me conduisit chez nous. Maman avait appelé le médecin de famille qui arriva bientôt et me fit une piqûre de Solucamphre grâce à laquelle je fus ranimée. J'étais réveillée, mais avec guère plus de 5 de tension, je me sentais extrêmement mal. Il me fallut encore deux jours de repos pour m'en remettre. Cette spasmophilie a duré toute ma vie. Après chaque syncope la fatigue est immense et à chaque fois, je dois rester deux jours au lit. Cette maladie qui fut pour moi comme une infirmité m'a littéralement pourri la vie bien que peu de personnes en aient été au courant.

Ces crises ont fait peser sur moi une sorte de menace qui pouvait se déclencher à tout moment, et j'ai dû constamment prendre des mesures de prudence pour ne pas me laisser surprendre. Malgré les succès, une certaine réussite sociale, cette blessure avec laquelle il a fallu grandir est restée tapie en moi, et voilà comment un jour, elle a resurgi à l'issue d'un déjeuner comme les autres.

Plusieurs années après cet aveu à Roland, en 2016, j'ai réussi à parler de nouveau de cela avec mon frère Henri. Contrairement à Roland, il s'est emporté, m'a accusée de raconter des histoires, d'avoir rêvé tout cela. Je n'ai pas insisté, je voyais qu'il ne me croyait pas. Et pourtant...

2. Les Bourdin-Tisorin

Même si l'Auvergne a toujours été une terre riche et généreuse, elle est encore au XIXe siècle une province traditionaliste où les mentalités sont frustes et paysannes. La vie n'est pas très différente de ce qu'elle y a été pendant des siècles, les hivers sont longs et rigoureux.
La paysannerie est essentiellement régie par des relations de métayage, et le manque d'instruction accentue la domination des propriétaires sur ce qu'il faut bien appeler « leur vassaux ».
Mon grand-père paternel Gilbert Bourdin, est né en 1863, dans la commune de Bourbon-l'Archambaut. Ses parents, Jean et Marie, étaient paysans vignerons. Il a grandi dans ce milieu austère et rustique des paysans auvergnats.

Le thermalisme et le tourisme rural font aujourd'hui la richesse de cette très jolie petite cité qui comme beaucoup de petites villes françaises se sont vidées de leurs habitants dans la seconde moitié du XXe siècle. En revanche, un siècle plus tôt, dans la seconde moitié du XIXe siècle, au moment où mon grand-père vient au monde, Bourbon-l'Archambault connaît sa période la plus prospère, et notamment la plus peuplée. C'est une ville active, commerçante, vivante. C'est également l'époque où les enfants sont envoyés à l'école primaire pour y recevoir une éducation basique dont les générations précédentes n'ont bénéficié que de manière très aléatoire et irrégulière.

Je suppose que l'esprit vif et curieux du petit Gilbert a été remarqué et que c'est sans doute à cette personnalité vive et solaire qu'il doit des encouragements à poursuivre la scolarité basique au-delà de laquelle les enfants des classes populaires et paysannes ne sont plus astreints. Cependant la poursuite d'études n'était pas simple pour les familles modestes. D'une part, elles devaient renoncer à une aide précieuse dans le travail quotidien et d'autres part financer une partie de la pension d'internat de l'école normale. Grâce à la générosité et aux sacrifices de ses parents, mon grand-père fut inscrit à celle de Moulins et après ses trois années de formation, il devient jeune instituteur pour l'école toute neuve de la IIIe République.

Malheureusement, si sa vivacité d'esprit lui a permis de prolonger son instruction et de s'extraire du milieu paysan auquel il était *a priori* destiné, le métier d'enseignant ne lui convient pas du tout. La classe de jeunes garçons qu'on lui confie est turbulente, et il ne sait pas la discipliner. On m'a raconté enfant que mon grand-père a développé un ulcère à l'estomac en exerçant son premier métier. Il aurait pu insister, s'affirmer, s'aigrir, mais bien heureusement, pour lui, pour nous et pour ses élèves, il comprend qu'il n'est pas à sa place.

Il donne donc sa démission et associant judicieusement ses origines paysannes, son instruction républicaine et ses dons naturels pour les affaires, il devient négociateur pour la *Compagnie fermière*.

Cette Compagnie, a été fondée au milieu du XIXe siècle pour gérer le patrimoine thermal que l'État possède à Vichy. À l'époque, l'Empereur fréquente régulièrement les eaux de Vichy. Cet illustre curiste a largement participé au développement de la station thermale. En 1853, il confie l'exploitation de l'établissement à la société *Lebobe, Callou et Cie*. Neuf ans plus tard, en 1862, la société se transforme en société anonyme et devient la *Compagnie fermière de l'Établissement thermal de Vichy*.

L'ex-instituteur est chargé de négocier des terres aux agriculteurs et aux propriétaires terriens pour le compte de la *Société* qui gère le développement des thermes alors en pleine expansion. C'est ainsi qu'il entre à la fois dans le monde des affaires, de l'immobilier et du thermalisme. Il se révèle très adroit, et comprend assez vite puisqu'il est au cœur du système, l'intérêt qu'il peut avoir à acquérir lui-même un bien. Avec ses premières primes, il parvient à s'acheter un tout petit hôtel à Vichy. L'affaire prospère et il parvient à la revendre avec profit quelques années plus tard, ce qui lui permet d'acheter un hôtel beaucoup plus grand : l'hôtel du Globe, rue de Paris. Dans les années suivantes il parviendra à acheter encore plusieurs hôtels : le petit hôtel de Néris-les-bains, deux hôtels à Nice et un dans les Pyrénées.

À la fin des années 1880 ; il rencontre Louise Tisorin. Je connais mal la vie et les origines de ma grand-mère paternelle. Je sais

seulement que comme mon grand-père elle a grandi dans ce milieu austère de la vie auvergnate du XIXe siècle, et qu'en tant que femme, elle n'a pas bénéficié des mêmes « dérogations » qui ont de tout temps été accordées aux hommes suffisamment malins pour changer de classe sociale et qui firent que mon grand-père put quitter la paysannerie. Elle a sans doute travaillé dur pour participer aux tâches domestiques et d'entretien de sa famille. Celle-ci était installée à Vichy, ils n'étaient donc pas ou plus paysans. Artisans peut-être... mais j'ignore dans quel domaine.
Comment a-t'elle rencontré mon grand-père ? Si les Tisorin tenaient boutique, il fut peut-être un de leurs clients... Et lui, qui avait un type très gaulois, grand, avec son teint rose et ses cheveux blond-roux fut peut-être charmé par cette belle brune au regard aussi noir que dur. D'un autre côté, son côté gai et bon vivant, et dont le caractère naturellement enthousiaste se voyait encouragé par un début de réussite professionnelle, fut sans doute pour la jeune Louise un exotisme séduisant qui contrastait avec ce qu'elle connaissait dans sa famille.

Quoi qu'il en soit, il se marièrent et ne furent pas très heureux. J'ignore évidemment ce qu'ont pu être les premières années de leur mariage, mais le couple que je voyais lorsque nous habitions Vichy était tout sauf uni. Leurs caractères très dissemblables et intransigeants avaient eu raison de leur union, et leurs rapports étaient réduits au strict minimum. Il n'y eu jamais de divorce, la question financière n'y était pas pour rien. Les contrats de mariages établis sous le régime de « la communauté des biens réduite aux acquêts » posaient trop de problèmes de partage, et les couples ne divorçaient pas.

Lorsque je suis née, en 1925, nous habitions à 80 km de Vichy, dans le ravissant petit hôtel Léopold et Albert Ier de Néris-les-bains, dont mon père était propriétaire. Ce n'est qu'en 1932 que nous nous installâmes à Vichy. C'était alors une ville très à la mode et avec les années, et les affaires qui se développaient, mon grand-père demanda à son fils de venir le seconder : il approchait doucement des 70 ans et avait besoin de passer le relais. Mon père fut ainsi associé directement à la gestion de l'hôtel du Globe.

J'ai un grand souvenir de la table de mon grand-père : elle était généreuse. Nos déjeuners là-bas étaient une fête. Il aimait manger, il aimait réunir du monde autour de lui et savait comme personne organiser des réceptions. Mes frères et moi étions habitués à des menus quotidiens beaucoup plus diététiques car notre mère veillait scrupuleusement sur notre santé. À la table de Gilbert Bourdin, nous avions droit à des repas gastronomiques, avec pâtés et desserts ce qui, bien sûr, ravissait nos petits palais gourmands.
Mon grand-père était typiquement ce qu'on appelle un « bon-vivant ». Il aimait manger, boire de bons vins, mais il aimait également toutes sortes de divertissements.
Il fut en charge pendant des années du comité de fêtes de la ville de Vichy et y organisa des fêtes absolument grandioses. Il faisait construire des décors, transformait toute la vie de la cité,

et costumait les enfants. Une photographie de cette époque nous montre avec mon frère Roland habillés en costume traditionnel hollandais. Une autre année où le thème des fêtes était celui de l'Italie, il fit transformer des dizaines de barques en gondoles qu'on vit alors traverser la ville, remontant ou descendant le cours de l'Allier comme sur le Grand Canal de Venise.

Mon frère Roland et moi habillés en costume traditionnel hollandais lors d'une fête à Vichy

Du côté de ma grand-mère, il en allait tout autrement. Elle était, à l'inverse de mon grand-père, une femme sombre et austère et qui à vrai dire nous faisait un peu peur.
Si mon grand-père appréciait particulièrement les plaisirs de la table, ma grand-mère, en revanche, s'asseyait avec nous le temps de remplir son assiette et d'engloutir son repas en une dizaine de minutes. Elle ne nous parlait pas, ne souriait jamais, ne mangeait ni fromage, ni dessert. Mon grand-père soupirait, levait les yeux au ciel, mais elle repartait aussitôt faire le tour des employés de l'hôtel dont elle était l'intraitable référente. Elle portait à la ceinture un énorme trousseau de clés dont j'entends encore le bruit et qui matérialisait les sévères activités qu'elle exerçait dans la maison. Mon grand-père et elle vivaient séparément : elle habitait un petit appartement au 3e étage de l'hôtel tandis que mon grand-père vivait au premier étage dans une annexe de l'hôtel. Elle travaillait pourtant pour son mari, puisqu'elle régissait la centaine d'employés qui faisaient tourner l'hôtel : femmes de chambres, garçons d'hôtel, serveurs, etc.
Ma grand-mère était une femme très énergique, constamment sur la brèche et qui cherchait toujours à gagner du temps. C'est d'ailleurs cet empressement et la précipitation avec laquelle elle accomplissait son travail qui lui furent fatal. Chaque matin, à 6h, à peine éveillée, elle bondissait et se jetait dans l'ascenseur, sans même allumer la lumière du pallier. Elle retrouvait le personnel de l'hôtel, vérifiait que tout le monde était à son poste et mettait en route la journée de travail. Un matin, avec sa précipitation habituelle, elle se dirigea vers l'ascenseur, et

dans l'obscurité, elle ne s'aperçut pas qu'il n'était pas là : on la retrouva morte au fond de la cage de l'ascenseur. Une enquête fut ouverte qui conclut à l'accident. Elle avait 60 ans.

Malgré son attitude austère qui me faisait peur, ma grand-mère avait été une belle femme. Son mariage avec Gilbert Bourdin avait été une erreur, du moins dans sa dimension amoureuse, et assez rapidement elle avait rencontré un autre hôtelier de Vichy avec lequel elle a entretenu toute sa vie une relation amoureuse. Entre elle et mon grand-père, s'était installé un « *gentleman agreement* » et bien que mariés et travaillant ensemble, ils avaient chacun leur vie. Elle retrouvait régulièrement son amant pour lequel elle s'habillait de manière plus chic qu'à l'accoutumée : robe élégante en été et manteau de fourrure l'hiver, tandis que mon grand-père papillonnait de femme en femme. Mon père avait raconté à ma mère comment enfant déjà, il avait surpris sa mère avec son amant !

Cette femme dont je n'ai pas le souvenir qu'elle m'ait un jour adressé la parole m'avait pourtant offert pour mes 5 ans une paire de boucles d'oreilles en or et en diamants… que j'ai assez vite perdues.
Je me dis aujourd'hui que malgré sa beauté et la réussite sociale à laquelle était parvenue son mari, c'était une femme très malheureuse. Malgré l'opulence financière qui était à sa portée, et les élégantes toilettes qu'elle portait à certaines occasions, elle n'a pas pu vivre la vie qu'elle aurait aimé avoir.

Elle s'était marié sans doute trop vite à un homme qui ne lui convenait pas avec qui elle avait eu 2 enfants : d'abord ma tante Andrée en 1890 puis deux ans plus tard, mon père, René, en 1892. Le mariage et la maternité suffisait à cette époque à fermer définitivement pour une femme toute autre perspective. À une autre époque, je suppose que mes grand-parents auraient divorcés, et que ma grand-mère se serait remariée avec son amant. Mais à cette époque, on ne divorçait pas comme ça...

Les affaires de mon grand-père étaient prospères, et pour ce fils de paysans qui avait eu la chance de faire le lycée il allait de soi que son fils suivrait le même chemin. Il rêvait pour mon père d'une carrière prestigieuse, mais celui-ci n'avait absolument pas le goût des études, et lui qui aurait pu facilement devenir médecin, avocat ou notaire, sorti du système scolaire assez rapidement. Il fut, certes reçu premier du canton au certificat d'étude mais... se contenta d'en rester là.

Mon grand-père était furieux. Il se mit en colère, insista mais ce fut inutile. Malgré sa colère, il était pragmatique et il imagina qu'il pourrait associer son fils à ses affaires. Profitant des relations qu'il avait dans le monde hôtelier et de la restauration, il l'envoya alors en apprentissage dans des palaces de Londres et de Paris, où, à défaut d'études, mon père apprit les règles et l'art de la gastronomie. Ce ne fut sans doute pas une sinécure, à l'époque les apprentis étaient traités de manière très dure.

René à 15 ou 16 ans, âge auquel il fut envoyé en apprentissage dans des palaces de Londres et de Paris.

Ces années d'apprentissage prirent fin avec le début de son service militaire.

René fut appelé en 1912 et fut incorporé dans un régiment de tirailleurs en Tunisie. À ce moment là, la durée officielle du service était encore de 2 ans.

Le principe du service militaire obligatoire qui s'impose à tous les citoyens n'avait alors que quelques années d'existence, puisqu'il avait été mis en place en 1905. Le système précédent qui appelait les jeunes hommes par un système hasardeux de tirage de numéro avait été abandonné. La conscription était alors considérée comme le système le mieux adapté pour fournir les effectifs nécessaires à la sécurité du pays et le plus conforme au principe d'égalité républicaine.

Le nouveau système se voulait plus universel et surtout plus efficace pour assurer un contingent solide, bien formé et surtout, suffisamment fourni. Avec le système du tirage au sort, trop d'exemptions étaient possibles : les « bons numéros » étaient exemptés de tout service, et les « mauvais numéros » pouvaient, moyennant rétribution, se faire remplacer. La loi du 21 mars 1905 en supprimant le tirage au sort et les dispenses – sauf pour inaptitude physique – avait créé un véritable service militaire universel dont la durée avait été fixée à 2 ans.

À partir de 1911, les tensions internationales entre les puissances s'exacerbent en Europe et en Afrique. L'Allemagne notamment, tente de mettre un coup d'arrêt à l'expansion de la France au Maroc et d'affaiblir l'Entente Cordiale (série d'accords diplomatiques qui mettaient fin à des siècles d'antagonisme entre l'Angleterre et la France). Suivent les guerres balkaniques en 1912 et 1913, et le rapprochement de la France et de l'Angleterre avec la Russie aboutissant à la création de ce qu'on a appelé « la Triple Entente ». En réaction à cette alliance, les empires centraux, c'est-à-dire l'Allemagne Impériale et l'Autriche-Hongrie (auxquels se joint l'Italie) créent « la Triple Alliance », ce qui exacerbe toujours plus les tensions internationales. On sent déjà dans les cercles gouvernementaux et diplomatiques la guerre se profiler.

À partir de 1912, on parle de plus en plus sérieusement, au sein du gouvernement français de renforcer l'armée et d'augmenter la durée du service d'un an. La loi sera finalement votée en 1913, ce qui fait que les appelés des classes de 1911 et 1912 (dont mon père faisait partie) se virent imposer une année de service supplémentaire.

En août 1914, le premier grand conflit mondial du XXe siècle éclate un peu avant la fin du service de René. Durant la première année du conflit, René qui comme beaucoup de jeunes gens de l'époque brûlait de partir en découdre avec l'ennemi allemand, resta affecté dans les colonies où son sens de l'organisation était apprécié par ses supérieurs. Il avait été affecté à l'habillement des réservistes, et équipait ainsi en moyenne 200 hommes par jour.
Ce n'est qu'en octobre 1915 que René part et découvre les tranchées boueuses de la Grande Guerre. Il était fourrier (c'est lui qui coordonnait, transmettait les informations d'un régiment à l'autre, parfois dans des situations bien périlleuses).

Il fut nommé deux fois pour ses services et actes de bravoures. En août 1918, il est démobilisé suite à une attaque au gaz sarin qui le laisse aveugle un mois entier. Après la signature de l'Armistice, il fut encore renvoyé en Allemagne pendant plusieurs mois pour assurer les missions d'occupation prévue par le traité de Versailles. Il ne revint à Vichy qu'en 1919… C'est ainsi que, parti en 1912 à tout juste 20 ans pour 2 ans de service militaire, mon père vit sa jeunesse amputée de 7 de ses plus belles années.

Je n'ai jamais entendu dans ce côté de la famille qu'on ait remis en question toute cette partie de la vie de mon père. Ce n'est pas forcément une famille très militariste, mais ce ne sont pas non plus des militants pacifistes. Le service, c'est le service et il faut s'y plier. Je pense qu'ils auraient pu dire comme Raymond Poincarré qu'« il n'est possible à un peuple d'être efficacement pacifique qu'à condition d'être toujours prêt à la guerre. »
À son retour, il est donc âgé de 27 ans. Parti tout jeune homme, il revient en homme accompli et en héro de la guerre. Car ces jeunes gens sont bien sûr célébrés : ils ont sauvé la France, ils se sont battus dans des conditions effroyables, et bien qu'ayant été directement plongé dans la bataille et dans les tranchées, mon père est revenu entier, sans blessure physique grave. Il fut tout de même victime comme tant d'autres de l'affreux gaz moutarde qui lui déchira les poumons et le rendit momentanément aveugle. Mon père souffrit après la guerre de bronchites répétées.

Par ailleurs, il est évident que psychologiquement, on ne revient pas indemne de 7 ans de service et de 4 ans de guerre dans la boue et les tranchées. La vie de ces jeunes gens aurait sans doute été bien différente sans ce vécu et les horreurs de la guerre. Je sais par exemple que mon père a dormi toute sa vie avec un pistolet sous l'oreiller... Sept années à manipuler des armes à feu, 4 à craindre pour sa vie et celle de ses camarades n'y sont certainement pas étrangères. René vit mourir sous ses yeux son cousin Albert qu'il aimait beaucoup. Il en fut profondément touché.

Pourtant, après la guerre, assez rapidement, la vie reprend ses droits. La fin du premier conflit marque également la fin d'une époque, d'un temps encore rattaché au XIXe siècle avec une certaine morale, avec des traditions d'un autre temps. Le début des années 20, c'est l'aube d'une ère nouvelle. Et c'est aussi à ce moment là que mon père va se rapprocher de ma mère.
Je n'ai pas encore parlé de ma tante Andrée, la sœur aînée de mon père, mais c'est par elle pourtant que mes parents se sont connus. Ma tante avait 2 ans de plus que mon père. Alors qu'il était encore au service militaire, elle s'était marié à un certain Monsieur Crouzet, de Marseille. Comme c'était la tradition à l'époque, elle avait suivi son mari dans le midi.
Là-bas, elle rencontra une très jolie jeune fille, de 10 ans sa cadette, et qui était la nièce de son mari. Ma tante Andrée fut charmée par la beauté et par le caractère de celle qui allait devenir ma mère. Elles lièrent une relation autant familiale qu'amicale, et c'est ainsi que pendant la guerre, ma tante pu

parler à sa nièce par alliance de son frère, cité deux fois pour ses montées héroïques et ses reconnaissances dans les lignes ennemies.

Germaine (ma mère) était une jeune fille romantique et avant même de se fiancer, elle dû éprouver une certaine admiration pour le poilu René Bourdin qu'elle avait rencontré brièvement avant la guerre.
Mon père ne revint d'Allemagne qu'à la fin de l'année 1919, un an après l'Armistice. René n'avait pas hérité du caractère jovial et expansif de son père, et son expérience de l'armée et des tranchées de 14-18 avaient encore assombri son caractère. Il avait une attitude d'ours, parlait peu, et n'aimait pas les mondanités. Mais à 27 ans ces traits de caractère pouvaient lui donner une certaine aura, un sentiment de mystère qui n'était pas sans charme. Il n'était pas très grand, mais il avait une silhouette élégante, il était très brun, comme sa mère, avec des yeux très sombres.
Il me reste malheureusement très peu de photographies de cette époque, mais un cliché le représente tout jeune homme, un peu avant son départ à l'armée. Il doit avoir 19 ans. On le voit debout, dans un parc, sous de grandes feuilles de bananier en compagnie de deux demoiselles : sa sœur et une amie. Il porte un canotier, une veste de costume très simple, entrouverte sur une courte cravate. Il a la main gauche dans la poche de son pantalon de manière assez désinvolte. Il se tient, légèrement déhanché sur une canne, ce qui lui donne un petit air de dandy, mais sa tenue sans recherche particulière contredit cette

caractéristique. En réalité, mon père se fichait totalement de sa tenue. Il a un petit sourire à peine esquissé, ni vraiment timide, ni vraiment hautain, mais quelque part entre les deux.

Au moment de cette photo, que je situe avant son départ pour l'armée, il avait été un jeune homme doux et timide.

Mon père jeune homme avec sa sœur Andrée (au centre) et une amie.

En 1919, mon père a donc 27 ans et ma mère huit ans de moins. À presque 20 ans, Germaine est très belle, et représente évidemment tout ce qu'il n'a pas vu depuis des années : beauté, grâce, énergie féminine.
Un magnifique portrait de 3/4 datant de cette époque la montre arborant un large sourire, ses longs cheveux bruns et bouclés sont ramassés dans une longue queue de cheval. Le franc sourire de Germaine donne à ce portrait une lumière particulière. Aucune ironie dans ce regard, aucun calcul, c'est vraiment le portrait d'une belle jeune femme qui a devant elle toute la vie et encore toutes ses illusions.

Mon père et Germaine se marient un an plus tard, en 1920 à Vichy, et reçoivent de mon grand-père... l'hôtel de Néris-les-bains comme cadeau de mariage.
J'ignore comment mon grand-père avait acquis cet hôtel. Comme il était très adroit en affaires, je suppose qu'il l'avait eu pour un très bon prix. Mon père aimait répéter avec un sourire en coin que lorsqu'il y avait dans un contrat des « côtes mal taillées », elles n'étaient jamais mal taillées du côtés de son père !

Ma mère au moment de son mariage, en 1920

3- Les Crouzet-Saar

Si les origines de mon père se perdent dans la paysannerie auvergnate, ma mère, elle, venait d'un milieu très différent.
Par sa mère, elle descendait d'une famille de militaires et haut-fonctionnaires, un milieu « grand-bourgeois » et de haute éducation. Ils vivaient de manière aisée, mais l'argent n'était pour eux ni une motivation ni un objectif. C'était un milieu régit par un sens de l'honneur et des valeurs qu'on retrouve généralement dans ces grandes familles du nord, comme par exemple la famille De Gaulle.
Il semble également qu'elle soit issue d'une lignée de femmes de tête dont le caractère et les décisions ont déterminé d'une certaine manière bien des choses.
Sa mère, Louise Saar venait d'une famille lorraine aux lointaines origines luxembourgeoises. Le père de Louise (et donc le grand-père de ma mère) était administrateur en Algérie et homme de principes. Est-ce son caractère difficile et intransigeant qui poussa sa femme (la grand-mère de ma mère) au divorce ? Toujours est-il qu'il y eut divorce, et que cela n'était pas sans conséquence pour cette femme qui passa le reste de sa vie bannie de la haute société dans laquelle elle avait vécue avec son mari. Les trois enfants du couple furent

également séparés pour ce que j'en sais puisque les deux aînés grandirent avec leur respectable père en Algérie, tandis que Louise, la plus jeune pu rester auprès de sa mère. Elle grandit à Paris, je suppose aidée par une modeste pension paternelle, mais trop loin de sa surveillance sévère. Elle reçut néanmoins une excellente éducation. Je sais par exemple qu'elle jouait de la harpe.

Pourtant, rompant avec les principes et les règles du milieu où elle avait grandi, à 17 ans, elle suivit un bel acteur marseillais à peine plus âgé qu'elle, avec qui elle partit en tournée. Pour le milieu très bourgeois dont elle était issue c'était une faute grave, et un acte vraisemblablement impardonnable puisqu'elle fut maudite et déshéritée par son père, le haut-fonctionnaire algérien !

Je conserve le testament de mon arrière-grand-père dont la lecture est édifiante et digne d'un roman de Balzac. Daté de 1922, il fut enregistré en 1925, peu avant sa mort, chez un notaire alsacien établit à Cherchell, en Algérie. L'exécuteur testamentaire n'est rien moins que le Général Georges, célèbre Général dans les milieux militaires. Il fut notamment blessé en 1934 au cours de l'attentat de Marseille où le roi Alexandre Ier de Yougoslavie fut tué par balle. Le Général George qui était assis à ses côtés dans la voiture échappa au même sort car sa veste était recouverte de médailles et la balle ricocha sur l'une d'entre elles : et il s'en tira avec une blessure.

Dans son testament Edmond Saar parle longuement de ses enfants chéris Raoul et Fernande, mais ne mentionne jamais le prénom de ma grand-mère, Louise. Elle n'est citée à aucun

moment, sauf en creux, pour mentionner une descendance indésirable, qu'il nomme « les incapables » !
Au-delà de la simple question financière relative à l'héritage dont son « incapable » descendance sera privée, à l'heure de sa mort, il n'éprouve pas la moindre compassion ni le moindre remord vis-à-vis de sa fille Louise.
Louise Saar, devenue entre temps Madame Crouzet avait pourtant entamé avec réussite une carrière d'actrice avec son jeune mari. Elle avait pris un nom de scène, Lia Syrdet, et ils jouaient un répertoire classique et moderne dans les théâtres à la mode de la fin du XIXe siècle.

Je les imagine tous les deux, jeunes, beaux, plein d'ardeur et d'illusions dans leur folle jeunesse au tournant du siècle, ivres d'une liberté arrachée aux principes d'une société bourgeoise, allant de répétitions en scènes de théâtre, prolongeant tard dans la nuit, les représentations de pièces classiques ou de boulevard que leur troupe proposait au public.

Mais la réalité les rattrapa bien assez vite et Louise fut très rapidement jeune maman. Elle accoucha le 28 mars 1900, de ma mère, Germaine. Elle n'avait même pas 18 ans. Je suppose que la vie des jeunes époux fut rapidement compliquée dans ce contexte avec un jeune bébé, et que l'ivresse et la folle liberté des débuts fut rapidement oubliée.
Louise ne pouvait compter sur aucun soutien familial de son côté, mais il semble que les parents de son mari aient été plus généreux et accueillants. Ils vivaient à Marseille où le jeune

couple vécu probablement chez eux. Lorsqu'ils partaient en tournée, ma mère restaient avec ses grands-parents paternels qui s'occupaient d'elle comme leur propre fille.

Louise avait du caractère et il ne fut sans doute jamais question pour elle d'abandonner la carrière d'actrice qu'elle avait choisie. Et ce qui ne devait pas être simple avec un bébé, ne fut certainement pas plus facile avec la naissance de son deuxième enfant, André, à peine deux ans plus tard.

On imagine facilement que l'engouement du jeune acteur pour cette belle jeune fille bourgeoise douée et qui jouait de la harpe ne résista pas très longtemps à leurs nouvelles conditions de vie. Elle n'était plus la jeune maîtresse enlevée dans un acte de romantisme naïf, mais son épouse légale. Elle n'était plus la jeune mariée défiant sa famille mais la jeune maman de deux petits enfants.

Je n'ai pas de mal à imaginer que le jeune homme de 21 ou 22 ans avec toute l'immaturité qui caractérisait un personnage emporté et théâtralement romantique, ne se sentit pas longtemps heureux dans cette situation. Il était jeune et l'élan qui l'avait poussé dans les bras de Louise et qui les avait conduit à se marier était retombé rapidement. D'autres élans l'emportaient ailleurs et il fut très vite infidèle. Dans le milieu artiste dans lequel ils évoluaient, les rencontres étaient faciles, les mœurs des actrices sans doute pas toujours irréprochables. Le bel acteur qui, à peine 2 ans avant, avait enlevé la jolie Louise fut pris de passion pour une autre actrice.

Ma grand-mère
Louise Saar
alias Lia Syrdet
dans une
posture
théâtrale...

Pendant un peu plus de deux ans, Louise et son mari tiennent des rôles importants dans les pièces qu'ils interprètent un peu partout en France. Ma mère est sans doute auprès de ses grands-parents à Marseille. Louise garde avec elle son tout petit bébé André qu'elle allaite et qui patiente dans la loge du concierge les soirs de représentation.
En 1903, la troupe joue à Bordeaux. Dans la pièce qu'il interprète, le mari de Louise joue le rôle d'un amant éconduit et dans la scène finale il se donne chaque soir la mort. Un soir, en pleine représentation, il se tire réellement une balle dans la tête parce que – dans la vraie vie – la femme dont il est amoureux s'obstine à repousser ses avances. Il a tout juste 21 ans.

Bien des années plus tard, ma mère, a rencontré un ancien ami musicien de son père, qui l'avait connu avant son mariage avec Louise. Il lui avait décrit comme étant un personnage très doué aussi bien dans sa profession d'acteur qu'en musique. C'était sans doute un jeune homme très influencé par le romantisme du XIXe siècle, au nom duquel il était sublime de tout sacrifier à une cause immense, si possible à une passion amoureuse. Sacrifier la vie et la réputation d'une jeune fille pour vivre avec elle un amour fou et passionné, sacrifier sa propre vie (et celle de ses enfants) pour un amour adultère impossible, et ce de la manière la plus démonstrative qui soit, en se donnant la mort publiquement, sur une scène de théâtre...

Louise se retrouve donc veuve, elle n'a même pas 20 ans, et doit assumer seule ses deux très jeunes enfants. Il semble qu'elle n'a pas le caractère à se désespérer, car elle continue le théâtre, et se remarie quelques années plus tard avec un autre acteur de la troupe, Henri Lamothe.

Malgré le suicide de son mari et sa situation difficile, elle est toujours proscrite par son père, si bien que vers 1908, lorsqu'elle se rend en Algérie à Tanger pour y jouer, elle n'est pas reçue dans sa famille, et on lui interdit même de voir sa sœur Fernande qui vit là-bas. C'est le mari de celle-ci, un certain Lieutenant-Colonel Wild qui ira rencontrer Louise et son deuxième mari à la gare. Son père, sa sœur et son frère Raoul vivent dans le palais du gouverneur et il est hors de question qu'elle y soit reçue.

Louise n'a sans doute jamais revu sa famille, mais après sa mort, sa sœur Fernande cherchera a lier contact avec ses enfants. Ainsi, ma mère pu garder un contact proche avec la famille Saar par l'intermédiaire de sa tante Fernande. Après la Guerre, en 1945, j'ai été habiter chez ma grand-tante dont ma mère était restée très proche. Fernande habitait un très joli appartement rue d'Armaillé dans le XVIIe arrondissement.

Si elle n'a plus de contact avec sa famille, en revanche, elle est restée proche de la famille de son défunt mari, les Crouzet qui vivent à Marseille. Lorsqu'elle part en tournée, elle laisse les deux enfants à leurs grand-parents. Ce sont de petits bourgeois respectables, le père est fonctionnaire. Ils habitent Marseille.

Ainsi, Louise ne renonce pas à sa carrière, au contraire. Elle fit partie de la troupe de Lucien Guitry qui partait chaque année en Russie pour jouer au Théâtre Michel de Saint-Pétersbourg.

Ce théâtre avait été fondé en 1833 pour accueillir des troupes de théâtre françaises. On y jouait du répertoire classique, ainsi que moderne pour un public francophone : la famille impériale et l'aristocratie russe dont le français était souvent la première langue. Le public se compose aussi de l'intelligentsia, des étudiants et bien sûr de la colonie française pour laquelle l'amphithéâtre était réservé. Lucien Guitry, le père de Sacha, y avait été une figure importante dans l'avant-dernière décennie du XIXe siècle.

Louise envoyait régulièrement de ravissantes cartes postales à ses enfants restés en France, et que j'ai pu voir moi-même enfant. Malheureusement ses cartes sont aujourd'hui perdues.

Louise joue également dans des pièces à Paris, au Théâtre des Variétés, ou au Théâtre de l'Œuvre dans ces années « Belle époque » où le théâtre et l'opérette sont les distractions préférées des parisiens. « Aux Variétés » comme on l'appelait alors, c'est la grande époque d'Offenbach et de Feydeau.

J'ai conservé une affiche du *Voleur* d'Henri Bernstein qui fut créé en 1906 et dont ma grand-mère tint le rôle principal.

LE VOLEUR

Comédie en 3 actes de M. Henry BERNSTEIN

Auteur du **Bercail**, du **Détour** et de **La Rafale**

Mademoiselle LIA SYRDET

Premier prix de Comédie au Conservatoire, débuta dans *L'Ainée*, où elle obtint un vif succès, créa ensuite le *Jumeau*, aux Folies-Dramatiques, et *Chiffon*, à l'Athénée, puis reprit *L'Enfant du Miracle*. Enfin très remarquée dans *La Rafale* — *Le Duel*. Vient de jouer à Nice *Mademoiselle Josette ma femme*, qui lui valut tous les éloges de la Presse, Marie-Louise dans *Le ʀleur*.

On peut imaginer que si ma grand-mère a trouvé un équilibre épanouissant entre sa vie d'artiste et ses obligations maternelles, ma mère et son jeune frère ont été malheureux de cette enfance instable et chaotique. Orphelins de père, ils voyaient finalement peu leur mère. Il semble pourtant que le second mari de ma grand-mère ait été assez paternel avec les deux enfants au point de se faire photographier avec eux. Je conserve un unique cliché de cet homme à la figure distinguée, encadré à gauche par ma toute jeune maman, et à droite par mon oncle André.

Henri Lamothe, le second mari de ma grand-mère avec Germaine, ma mère et d'André, le frère de maman, mort en 1940, emporté par l'explosion d'une mine.

En 1909, Louise est enceinte de son deuxième mari. Mais l'accouchement est difficile, il y a des complications. Le médecin de parvient pas à sauver le bébé, et Louise meurt peu après des suites d'une fièvre puerpérale. Elle a tout juste 26 ans.

Germaine et le petit André sont donc totalement orphelins. Dans un premier temps ils vont être pris en charge par les Lamothe, la famille du second mari, tandis qu'il repart lui-même en tournée, ils sont ballottés d'un endroit à un autre. Ce n'est que vers 1911 que les grands-parents des enfants, les parents du malheureux acteur Crouzet qui s'étaient beaucoup occupés d'eux tous petits les récupèrent et leur offrent à partir de là un cadre de vie plus stable.
Grâce à eux, ma mère recevra une excellente éducation. Elle est inscrite comme élève externe dans une institution religieuse de Marseille où elle m'a raconté avoir été très heureuse. Elle était très liée à la directrice, une jeune religieuse qui a sans doute été pour elle une seconde mère. Elle restera là jusqu'à la fin de sa scolarité. C'est durant ces années qu'elle a connu la sœur de mon père, ma tante Andrée qui était marié à un Crouzet, oncle de ma mère.

Andrée Crouzet, née Bourdin était très attachée à sa jeune nièce par alliance et lui parlait constamment de son frère, René qu'elle admirait et dont elle était très proche. Celui-ci fut sans doute présenté à la jeune Germaine lors d'une permission.
En 1919, enfin revenu de l'armée, René rend visite à sa sœur et recroise le chemin de sa très jolie nièce. Germaine a alors 19 ans,

elle est très belle. Elle a beaucoup entendu parlé de René, cité 2 fois pour sa bravoure. Il a une belle situation, un avenir prometteur grâce à l'hôtel de son père à Vichy. Pour elle, le mariage est une entrée dans la vraie vie, l'unique manière pour une femme de s'assurer un avenir respectable. René est bel homme, il est heureux d'être enfin libre, l'avenir est enfin devant lui. Quand je regarde la photographie de Germaine que j'ai déjà décrite, je me dis qu'il ne pu qu'être séduit par cette belle jeune femme.

Il est intéressant de mentionner également que Germaine avait été à 19 ans, avant son mariage, vedette d'un film muet, *L'été de la Saint-Martin*, tourné dans le magnifique village des Baux de Provence et dont le scénario était une adaptation de la pièce homonyme de Meilhac et Halévy. En hommage à sa maman, elle avait pris comme nom d'actrice Germaine Syrdet.

Elle ne semble pas avoir voulu poursuivre dans cette voie, et a préféré se marier.

Sous le nom de Germaine Syrdet, ma mère à 19 ans, jeune vedette du film muet L'été de la Saint-Martin *(1920)* de Georges Champavert

4- René & Germaine à Néris-les-bains

René et Germaine se marient à Vichy en 1920. Ils s'installent à Néris-les-bains, dans le très joli hôtel que mon grand-père leur a offert comme cadeau de mariage.
Néris-les-bains est une ravissante commune et possède des eaux réputées depuis l'Antiquité. La cité est très ancienne et on peut y voir de nombreux vestiges romains, très bien conservés.

Sur la gauche, années 20: l'hôtel Léopold que mes parents reçurent pour leur mariage. Il n'y avait qu'à traverser la rue pour se rendre aux thermes

L'hôtel qu'avait acheté mon grand-père et dont nous avions hérité s'appelait « l'hôtel Léopold et Albert 1er ». Il était idéalement situé, en plein centre, place des thermes. Ils suffisait aux pensionnaires de traverser la place pour se rendre dans l'établissement principal des thermes.

Les eaux de Néris-les-bains (tout comme celles de Vichy) sont des eaux volcaniques qui circulent à des centaines de mètres sous la roche et se chargent de tout un tas d'oligo-éléments au contact des roches volcaniques. On leur attribue depuis l'Antiquité des vertus antalgiques, apaisantes. Pour ces raisons, l'établissement thermal était réputé pour calmer les personnes souffrant de stress ou d'angoisses diverses, pour réparer les insomniaques et d'une manière plus générale, pour soigner les grands nerveux. Je me souviens de quelques cas assez remarquables : certains étaient atteints de ce que l'on appelait autrefois « la danse de Saint-Guy » et qui correspondait en réalité à une infection touchant le système nerveux central. Les malades s'agitaient et dansaient de manière aussi étrange qu'incontrôlée. Pour la petite fille que j'étais alors, ces gesticulations étaient très impressionnantes et ont marqué mon souvenir.

Il y avait quelques cas de maniaques également assez drôles : un grand monsieur qui circulait affublé d'une grande étole blanche jetée sur ses épaules car il se prenait pour César, ou bien un autre qui passait son temps à astiquer les poignées de portes avec du papier de soie de peur d'être contaminé...

Derrière l'hôtel, il y avait un jardin magnifique, en terrasses, qu'entretenait un jardinier solitaire. C'était un jardin extraordinaire pour mes yeux de petite fille, avec des fleurs, des rosiers, des arbres fruitiers, et même un potager. Ce jardinier avec lequel je passais beaucoup de temps était un véritable artiste. Dans la cour qui donnait directement sur le rez-de-chaussée de l'hôtel il y avait une très belle baignoire romaine, vestige conservé de l'antique passé de la ville. Depuis cette cour, on montait un ancien escalier en pierre et on arrivait à un premier jardin, qui était réservé aux clients de l'hôtel. Il y avait de nombreux rosiers et lorsque c'était la saison, on pouvait sentir le merveilleux parfum de toutes les roses. Il y avait également une très jolie tonnelle en fer forgé entièrement recouverte de rosiers pompons et sous laquelle se trouvait un banc où l'on pouvait s'asseoir entièrement dissimulé par la végétation.

Au fond de ce jardin, on montait un second escalier et on arrivait à une deuxième terrasse. Il y avait là des arbres fruitiers et un potager. Sur les côtés, il y avait également deux grandes allées bordées d'œillets blancs dont on faisait de petits bouquets qui venaient décorer les tables de la grande salle à manger. Tout au bout le jardin s'ouvrait sur les prairies de la campagne environnante.

Je me souviens que chaque jour, des paysannes tout droit sorties d'une gravure du XIXe siècle, venaient proposer leurs marchandises aux cuisines. Elles étaient chaussées de sabots en bois, coiffées de chignons et portaient de longues robes de bure noire recouvertes de jolis tabliers de dentelle. Un petit châle

recouvrait leurs épaules. Elles apportaient volailles, légumes, fromages et pâtés dans de grands paniers qu'elles portaient sur les hanches... Elles venaient de toute la campagne environnante et marchaient parfois quelques heures pour venir offrir leurs marchandises. Elles patientaient dans l'office sur deux grands bancs que quelqu'un soit disponible pour leur acheter leurs victuailles... Il s'agissait de mon père ou du chef des cuisines.
Mon père qui était directeur de l'hôtel, dirigeait également personnellement les cuisines et leur approvisionnement. Il se levait de bon matin afin de compléter ce qu'il ne trouvait pas sur place. Quand nous partîmes pour Vichy, il revenait toutes les deux semaines pour vérifier les comptes. La gérance de l'hôtel avait été confiée à une certaine Anastasie (que nous appelions Tasie) et qui s'occupait de tout avec beaucoup de rigueur. C'était une femme très efficace dans ce travail. Je pense qu'elle était très reconnaissante à mon père de lui avoir fait confiance, car elle vivait seule avec son fils qui était ce qu'on appelait encore à l'époque « un enfant naturel ». C'est ma tante Andrée qui avait recommandé Tasie à mon père.

À l'exception de Jean, mon dernier frère, nous sommes tous nés à Néris : Roland, l'aîné, en 1922, puis moi, en 1925, Albert en 1927 et enfin, Henri en 1929. En ce qui concerne Roland et moi, l'état civil mentionne notre naissance à Montluçon car il n'existait pas de mairie à Néris.

Mon père était bien sûr très occupé par la gestion de l'hôtel. Ma mère s'occupait de ses enfants, et nous étions constamment avec elle.

Nous avons passé dans cet hôtel de très belles années. Mes parents formait un couple uni, ils s'entendaient bien et avaient de beaux enfants. J'ai quelques photographies de cette époque : on allait chez le photographe et on nous faisait poser, mes frères et moi, devant des décors en carton ou des images de jardin romantique, avec kiosque et colonnes romaines. Je n'ai en revanche aucune photographie de mes parents ensemble, ni de ma mère avec ses enfants...

À l'époque de Néris, j'étais très jeune. En dehors d'une belle impression générale de bonheur, et de quelques anecdotes que l'on m'a racontées, je n'ai donc aucun souvenir précis de cette période. Nous vivions dans des conditions aisées, selon les règles qui régissaient alors la bourgeoisie de province : bonne éducation, messe le dimanche, fêtes du calendrier chrétien. Grâce à l'automobile qu'avait mon père, nous rendions visite une ou deux fois par an à mon grand-père à Vichy.

C'est dans l'appartement de celui-ci, sans doute à l'occasion d'un séjour pour Noël, que j'ai failli être défigurée ! J'avais alors 2 ans, et Roland 5. À l'époque on installait les enfants à table sur des chaises hautes qu'on pouvait transformer en petite voiture de jeu grâce à deux petites charnières disposées sur les pieds arrière de la chaise. Mon frère s'était installé en pilote, il m'avait assise sur son « capot » (en réalité le plateau de la chaise) et nous faisait voyager à toute vitesse. Si bien qu'à un moment, la voiture a basculé et que je suis partie m'écraser en avant. Ma tête a heurté une barre en fer, et ma lèvre inférieure fut entièrement déchirée. Heureusement ma mère avait un sang froid exemplaire et me conduisit immédiatement chez un médecin qui me recousit la lèvre très adroitement. S'il avait été moins doué, j'aurais eu une bouche toute déformée...

Roland mon frère aîné, moi et notre petit frère Albert, chez le photographe à Néris-les-Bains, en 1928 ou 1929

5- La vie à Vichy

J'avais environ 5 ans quand nous avons quitté Néris-les-bains pour nous installer à Vichy. La ville entrait alors dans l'apogée de son succès, le nombre de curistes n'avaient cessé de croître dans les années 20 et cette tendance se poursuivrait jusqu'à la guerre. Dans les années 30, la ville accueille près de 100000 curistes tous les ans.

Dans ces conditions, on comprend bien que mon grand-père qui n'était plus tout jeune avait proposé à René de venir le seconder, le travail était incessant et il envisageait de prendre sa retraite. Mon père devait reprendre la gestion de l'hôtel du Globe de Vichy.

C'était un grand hôtel de style haussmannien comprenant cinq étages, 150 chambres et qui disposait de tout l'équipement de pointe disponible à l'époque. Il y avait notamment un ascenseur, de grandes cuisines très bien équipées, et un bar très moderne. L'hôtel disposait également d'une impressionnante blanchisserie où il y avait déjà des machines à laver automatiques et de grandes tables modernes pour repasser les centaines de draps et nappes lavées quotidiennement.

L'hôtel du Globe en 1916, rue de Paris, à Vichy.

J'étais une petite fille très curieuse et j'ai souvent été regarder ce qui se passait dans les « coulisses » de cette entreprise. Les cuisines étaient le théâtre quotidien de toute une armée de cuisiniers, commis et marmitons, je voyais reluire toutes les batteries de cuisine en cuivre, les allées et venues des fournisseurs apportant des quantités grandioses de nourriture. La cuisine disposait également d'une grande chambre froide où l'on suspendait d'impressionnants quartiers de bœufs.

Pas loin de son hôtel, mon grand-père avait fait construire un immeuble très moderne lui aussi où nous avions emménagé, dans un grand appartement au rez-de-chaussé. Cet immeuble

se trouvait dans le centre, à 5 minutes de la mairie, 9 rue Couturier.
J'avais une chambre à moi, et mes frères en partageaient une autre.
Le dimanche nous allions à la messe à l'église Saint-Louis. Notre train de vie avait été amélioré, nous étions habillés comme des princes, et nous avions de magnifiques jouets. Je me souviens notamment d'une très jolie poupée (pour moi) et d'une petite automobile toute en tôle et à pédales (pour mes frères...).
Ma mère nous emmenait tous les jours au parc des Bourins situé sur les bords de l'Allier et nous emmenions nos jouets avec nous : personne n'en avait d'aussi beaux. J'entends encore sa voix qui nous disait « les enfants, vous prêtez vos jouets ! » Ma mère qui avait vécu une enfance beaucoup plus difficile, tâchait de nous inculquer quelques rudiments de justice sociale...

Chaque Noël, mon père faisait venir un immense sapin qu'il installait dans la salle à manger de l'appartement et qui occupait toute le hauteur de la pièce, du sol au plafond. Il était décoré de boules de verre soufflé et de véritables bougies. Ma mère qui avait des talents d'artiste, fabriquait des figurines de terre cuite et installait avec une immense crèche colorée et pleine de vie. Cette crèche avait dans notre regard d'enfants quelque chose de féerique.
Jusqu'à l'année de mes 7 ans et l'événement tragique de Sanary qui fit tout basculer, notre vie fut heureuse et agréable. Notre cadre de vie avait changé, ce n'était plus le contexte très bucolique de Néris-les-Bains, mais nous étions très heureux.

Mes frères et moi étions constamment avec notre mère qui s'occupait des plus petits et avait commencé l'éducation des 2 plus grands, c'est-à-dire de mon frère Roland et moi. C'est elle qui nous a appris à lire et à écrire. Elle nous faisait lire et même réciter des textes auxquels il fallait mettre le ton correct.
Pour l'aider dans les tâches domestiques ma mère bénéficiait de l'aide de 2 bonnes.

Mon père était très peu présent car il travaillait énormément à la gestion de l'hôtel. Ce travail qui l'accaparait d'un côté et ma mère qui s'occupait de ces quatre enfants faisait que mes parents n'avaient absolument aucune vie mondaine. Ils ne sortaient pas et recevaient très exceptionnellement. De toute façon, je sais que ni l'un ni l'autre n'aimait les mondanités. Ma mère n'avait aucun goût pour les sorties et les dîners en ville, et mon père avait hérité du caractère sombre de sa mère, il était fermé et taciturne, je n'ai pas le souvenir de l'avoir vu sourire...
Ma mère en revanche avait une nature très gaie et souriante. Elle avait été une enfant malheureuse, ce qui avait probablement endurci son caractère : elle n'avait pas la larme facile, et je l'ai vue faire preuve de beaucoup de sang-froid dans plus d'une situation. Cependant, elle n'était ni dure ni aigrie. Au contraire, les épreuves qu'elle avait traversées enfant avait affirmé sa personnalité et lui avait sans doute donné un goût de vivre. Je pense que son éducation religieuse avait également profondément influencé son caractère. Ma mère était très croyante et sa foi l'aidait constamment à surmonter les difficultés.

C'était une jeune femme charmante, ingénue et romantique mais qui ne tombait jamais dans la sensiblerie.

Il est probable qu'elle n'ait pas été pour mon père une épouse idéale, en revanche, elle a été une mère formidable. Lorsque nous étions enfants, elles s'occupait presque exclusivement de nous, et à l'exception d'une semaine de vacances qu'elle s'accordait tous les ans pour rendre visite à sa tante Fernande (qui habitait Paris), elle était constamment avec nous. Après la guerre (mais nous étions plus grands) elle partait également à Marseille pour voir sa belle-sœur Alice devenue veuve de guerre : André, le frère de maman avait sauté sur une mine en 1940.

Mes parents n'étaient pas mondains, mais ils avaient tout de même quelques amis. Un jour, peu de temps après notre installation à Vichy, ma mère reçut la visite d'une dame qui vint accompagnée d'une petite fille de 5 ans, Nicole. Je ne sais plus comment Andrée Mounier avait connu ma mère mais les deux femmes avaient lié une solide amitié. Elles se fréquentaient régulièrement, les Mounier n'habitaient pas loin de chez nous, et Nicole devint très vite une grande amie pour Roland et moi. Je pense que très jeune, elle fut amoureuse de mon frère (qui de toute façon plaisait beaucoup au sexe faible comme on l'appelait alors) et une grande amitié nous lia toute notre vie. Nicole est morte en 2007. Nous n'avons jamais cessé de nous voir.

De son côté, mon père avait gardé une relation amicale avec un certain Steiner, qui avait fait son service dans le même régiment que lui. Il était devenu dentiste, et s'était établi à Vichy, de l'autre côté de la ville dans une grande villa car il avait six enfants, trois filles et trois garçons, dont je me souviens encore des prénoms. Il y avait Roseline, une beauté qui avait l'âge de mon frère Roland, il y avait Rolande et Denise qui avait mon âge et avec qui j'étais très amie. Du côté des garçons, il y avait Henri, Jean-Paul et Guy. Ce dernier était très ami avec mon frère Henri. C'était un grand sportif, un véritable athlète et devint rugbyman professionnel. En 1967, il tomba raide mort en plein match, emporté par un infarctus massif.

Le père Steiner était un personnage. C'était un grand type très distingué, et mon père nous avait raconté comment un jour, sur le front, un obus était tombé tout près d'eux. Steiner avait volé en l'air, propulsé par le souffle de l'explosion. Il était retombé et s'était aussitôt relevé. Il avait épousseté la veste de son uniforme, comme si elle avait été salie par l'effet d'une légère brise, et sans un mot, très flegmatique avait repris le cour des choses.

Les dimanches (le seul jour de la semaine où l'on voyait mon père), nous passions régulièrement de grands après-midis, soit chez les Steiner soit chez nous, et c'était évidemment une joie pour tous les enfants qui avaient des âges semblables.

Mon père avait acquis dans ces années-là un projecteur et lorsque les Steiner venaient chez nous, il nous projetait des films. Nous avons ainsi pu voir les films de Charlot, les premiers

Mickey, et les films du chien Rintintin. Je dois raconter ici pour instruire les plus jeunes qu'avant la série américaine qui fit la gloire de ce chien dans les années 50 et 60, il y eut une série de films tournés dans les années 20 avec le *vrai* chien Rintintin. Ce chien avait été trouvé par un caporal américain en 1918 en Lorraine dans un chenil qui avait été bombardé. Il l'avait ramené avec lui aux États-Unis et ce chien d'une intelligence et d'une habileté hors du commun était devenu une star du cinéma. Il tourna dans plusieurs films des années 20 et 30 et mourut en 1932. Dans les années 50, une série télévisée s'inspira de cette histoire pour en faire un héro bien connu des enfants de cette époque, et même de celles d'après puisque le succès de la série lui valut plusieurs rediffusions.

Nous avions encore d'autres amis. Il y avait notamment Robert et Gérard Mallet. Ils habitaient tout près de chez nous, leur parents étaient également hôteliers à Vichy. Robert était très copain avec Roland (il firent leur scolarité ensemble chez les pères Maristes de Riom), et il était très souvent chez nous. C'était un garçon aux capacités intellectuelles au-dessus de la moyenne, si bien que ses professeurs l'envoyaient régulièrement en récréation avant les autres car il comprenait tout très vite. Il finissait toujours ses exercices avant les autres et commençait à s'agiter et à perturber la classe. On le mettait alors dehors et il passait plus de temps dans la cours qu'en classe ! Plus tard il fut diplômé de l'école Polytechnique et monta une des premières sociétés d'électroniques françaises.

Après les années heureuses de Néris-les-bains, ces premières années à Vichy furent extrêmement heureuses. Nous avions tout, la réussite sociale, financière et une famille belle et unie qui ne demandait qu'à s'épanouir. Tout aurait pu continuer ainsi...

6- Sanary

Lorsque la saison thermale se calmait, mon père louait une grande maison dans le midi et nous partions tous pour y passer un mois de vacances.
En 1932, il loua une très jolie villa à Sanary-sur-mer. J'ignore comment il avait trouvé cette maison, il est possible que ce fut par des relations de mon grand-père ou par l'intermédiaire de clients qui fréquentaient l'hôtel du Globe.
C'était un endroit merveilleux, et nous y avons passé un mois en famille. Pas plus qu'à Vichy nous ne voyions du monde : mes parents étaient deux solitaires, et leurs vacances ne les incitaient pas plus à sortir que le reste de l'année.
Nous passions notre temps dehors, à la plage et dans les vastes pinèdes qui bordaient la mer. Une très jolie photo qui nous réunit mes trois frères et moi dans une de ces pinèdes cette année-là, à Sanary. Jean, mon dernier frère n'était pas encore né. Je suppose que mon père a pris cette photo. Nous sommes alignés face à l'objectif, enlacés les uns aux autres par les épaules. Les règles d'ordre et de hiérarchie qui prévalaient à l'époque, surtout dans les grandes familles, nous ont positionné chacun à notre place : Roland tout à fait à gauche (sur la photo), moi, mon frère Albert, et à droite, Henri qui était à

l'époque le plus jeune. C'est la fin de l'été et il fait encore chaud. Nous sommes très peu vêtus, pieds nus et la peau bronzée. Il se dégage de cette photo quelque chose du joyeux désordre enfantin qui existe lorsque les enfants sont heureux et ne subissent pas (ou peu) de contrainte. J'ai en tout cas des souvenirs très heureux de cette période. J'aimais mes frères, nous étions proches les uns des autres, nous formions une famille unie.

Roland, Lise, Albert et Henri en octobre 1932 dans une pinède de Sanary-sur-mer

C'est donc dans ce contexte que s'est déroulée la scène dont j'ai parlé au début de ce récit et qui a bouleversée toute ma vie. J'étais alors une petite fille très heureuse et très attachée à ses parents que je voyais comme un couple amoureux. L'automne de ce qui fut pour moi un désastre affectif, je n'avais pas tout à fait 7 ans. J'étais une petite fille sage mais gaie. J'avais la chance d'avoir des frères avec qui je m'entendais très bien et qui étaient pour moi de bons compagnons de jeu.

Dans le cadre idyllique de la maison de vacances de Sanary qui représentait pour moi le bonheur et l'insouciance des vacances que j'ai vu mon père poursuivre ma mère armé d'un pistolet.

Cette scène invraisemblable que j'ai aperçue depuis le haut de l'escalier où j'étais cachée est restée gravée dans ma mémoire. Dans la mesure où je n'ai jamais parlé de cela à personne, elle est resté également totalement mystérieuse. Pour mon raisonnement d'enfant, il n'y avait aucune raison à cela, ni même aucune raison à *chercher*. C'était un événement en soi, effrayant, sans aucune justification ni avant, ni après.

C'est près de quarante années plus tard que j'ai compris ce qui s'était passé cette nuit-là. Et très curieusement, c'est mon frère Jean, le plus jeune de notre fratrie et qui n'était même pas né lorsque ceci a eu lieu, qui m'a éclairée. J'ai dit comme après la séparation de mes parents, mes plus jeunes frères s'étaient rapprochés de mon père. Il se trouve que Jean qui n'a jamais connu mes parents ensemble, était très proche de la seconde femme de mon père, et c'est elle qui lui a raconté ce qui s'est passé entre mes parents cet automne-là. De la scène nocturne, celle à laquelle j'ai assisté moi, personne ne savait rien, j'ai été la seule témoin. En revanche ce qui avait conduit mon père à se mettre dans une telle fureur avait bien sûr une origine…

Bien avant son mariage avec mon père, ma mère avait croisé le chemin d'un jeune homme qui dû alors la trouver très belle et dont il tomba amoureux. Ce fut peut-être lors d'un rassemblement de jeunesse comme cela se faisait autrefois dans les milieux bourgeois, bals ou garden-parties. Mais rien ne dit que ma mère ait flirté avec ce garçon.

Le hasard voulu que leurs chemins se recroisent bien des années après, cet été-là à Sanary. Entre-temps le jeune homme, devenu architecte, s'était marié. Ce qui ne l'empêcha pas d'adresser alors à ma mère des déclarations amoureuses dans des lettres enflammées.
J'ignore comment sa femme s'en aperçu. Peut-être qu'elle fouillait les poches de son mari et tomba ainsi sur l'une de ses lettres. Elle fut peut-être aussi jalouse de la beauté de ma mère. Et c'est ainsi qu'elle vint un jour voir mon père et lui annonça : « Monsieur, votre femme est la maîtresse de mon mari » !
Je crois que personne ne peut rester indifférent à ce genre de déclarations. Elles sont faites pour blesser, pour déstabiliser, et touchent si vivement notre amour-propre que malgré leur invraisemblance on ne peut s'empêcher d'y croire.
C'est ce mensonge qui n'est pour moi rien d'autre que de la calomnie qui déclencha la fureur jalouse de mon père et qui le conduisit à menacer sa femme au cours d'une nuit tragique et dont je fus le seul et unique témoin.

Mais ma mère ne pouvait pas avoir de liaison avec cet homme : c'était une femme droite, au caractère entier et qui s'occupait constamment de ses quatre enfants. Elle n'avait rien de ces femmes intrigantes que j'ai connues par la suite et qui faisaient l'amour entre deux portes. Malgré sa beauté, elle était tout sauf séductrice. Le fait qu'elle ait reçu des lettres ou des témoignages d'amour d'un Monsieur ne fait pas d'elle une femme infidèle, je suis bien placée pour le savoir, puisqu'au cours de ma carrière, j'ai reçu plusieurs fois des lettres d'amour ou des déclarations auxquelles je n'ai pas donné suite.

Et c'est ainsi que par le caprice d'une femme jalouse, par l'inconséquence d'un homme qu'on ne revit plus, ma mère se retrouva au cœur d'une tourmente qui ne s'apaisa jamais tout à fait. Je ne pardonnerai jamais à ce couple d'avoir détruit notre famille, lui par son irresponsabilité, elle par son horrible mensonge.

Car même si mes parents reprirent une vie normale à leur retour, plus rien ne fut comme avant. La violence de ce qui s'était passé cet été-là à l'encontre de ma mère et le doute qui avait vilement été distillé dans l'esprit de mon père brisa cette confiance qui leur avait jusque-là permis de vivre heureux.

7- Retour à Vichy

Cette scène que je situe à l'automne qui a précédé mes 7 ans n'eut pas de suites immédiates puisque nous rentrâmes tous ensemble de Sanary à Vichy et que la vie repris son cours normal.
Je fus inscrite à l'école dans une institution religieuse sévère, l'institution Sainte-Jeanne-d'Arc dont j'ai gardé de bien mauvais souvenirs.
C'était une institution tenue par de vieilles filles aigries, méchantes et sans amour. L'une d'entre elles ne pouvait par exemple s'empêcher de me pincer la peau du bras dès qu'elle me croisait dans les couloirs. J'en avais des bleus !
Cette ambiance détestable et le traumatisme qu'avait laissé en moi la scène violente entre mes parents déclencha pour moi le violent malaise que j'ai raconté au début de ce récit. Cette crise de spasmophile fut la première d'une longue série. Je commençais à lire, puis je tombais évanouie devant l'institutrice et toute la classe de filles. Plusieurs d'entre elles me crurent morte, puisqu'à mon retour, quelques jours plus tard on se félicita de ma « résurrection » !

Pour mes parents le retour à Vichy fut sans doute difficile. Dans le milieu où j'ai grandi, on ne faisait aucune démonstration de passion ou de grands sentiments, encore moins devant des enfants. Nous étions donc témoins de bien peu de chose. Quelques rares scènes de disputes mais guère plus. Mon père avait déjà un caractère jaloux et ombrageux. L'épisode de Sanary avec la « révélation » de la femme de l'architecte, bien que sans doute nié par ma mère avait laissé des traces et justifia probablement certaines attitudes de mon père. Même s'ils reprirent une vie plus ou moins normale, quelque chose était brisé entre eux. Comme souvent dans ces périodes de troubles, les couples se défient et se rapprochent : c'est ainsi qu'après la crise, ma mère tomba enceinte de mon dernier frère, Jean qui naquit en 1935. Mon père n'attendit pas la naissance de son dernier fils : il quitta le domicile conjugal alors que ma mère était encore enceinte.

Il y avait en tout cas à l'hôtel, au bar de la réception, une caissière, une jeune femme marié à un émigré russe, un certain Sokolov qui avait fui la Révolution bolchevique.
Elle s'entendait vraisemblablement assez mal avec son mari puisqu'elle avait réussi à obtenir le divorce. Sans doute à la même époque elle en pinçait pour mon père qu'elle voyait chaque jour à l'hôtel et qui lui tournait peut-être autour.
Tout cela était naturellement loin de nous les enfants. Notre rapport avec les adultes était, je l'ai dit, assez limité.
Je voyais assez peu mon père très occupé par ses affaires. Il était donc absolument hors de ma portée de voir qu'il se jouait

entre mon père et la caissière de l'hôtel une intrigue qui allait finir de transformer nos vies.

Mon père, pris par sa vie professionnelle, eut plus tendance à se détacher de son couple et de sa vie de famille. Il était blessé dans son amour propre et malgré leur réconciliation, il avait sans doute perdu confiance et se sentait trahi. Insensiblement, il se laissa toucher par les attentions de Marcelle, la caissière de l'hôtel qui avait pour lui une attirance certaine et qui venait de divorcer de son mari. Marcelle et René trouvèrent certainement une consolation affective dans un rapprochement qui devait déboucher sur une véritable relation, puisque Marcelle devint après le divorce de mes parents la seconde épouse de mon père et qu'ils passèrent ensemble le reste de leur vie.

Mon père qui quelques temps plus tôt avait menacé ma mère en l'accusant de l'avoir trahi, se mit à la tromper avec la caissière de l'hôtel. Il s'était senti trahi, il avait besoin de trahir à son tour.

Ma mère qui consacrait l'essentiel de son temps à s'occuper de ses enfants n'avait certainement pas beaucoup le temps de s'apitoyer sur son sort, et ce n'était de toute façon pas dans sa nature. Même malheureuse, elle faisait bonne figure et continua de nous témoigner tendresse et affection.

Cependant, sa propre enfance malheureuse et les événements difficiles qu'elle venait de traverser faisaient qu'elle souffrait régulièrement de tout un tas de maux. Sa santé fut toujours assez fragile. C'est ainsi que je me souviens qu'une religieuse à cornette – sœur Marthe - venait très souvent à la maison pour soigner ma mère et lui administrer des piqûres. Elle vivait tout près de chez nous, dans le couvent qui était associé à mon école. Elle était adorable, je l'aimais beaucoup et je ne pus m'empêcher de constater qu'elle aussi était victime du charme de mon frère Roland.

Ainsi, la relation entre mes parents fut de plus en plus difficile. Mon père devait se montrer défiant, d'autant plus qu'il était lui-même coupable de ce dont il accusait ma mère. Celle-ci avait un caractère assez tranché, et elle ne devait pas bien supporter les fuites et les faux-semblants que son mari devait manifester. De notre côté, nous étions peu témoins de tout cela, j'ai seulement le souvenir de quelques disputes mais dont le sens m'échappait complètement. Quoique rares (mon père était peu présent) ces disputes étaient assez houleuses, et lorsqu'elles se déclenchaient, j'étais horrifiée. Je me mettais à trembler et à claquer des dents et j'étais obligée de sortir pour me calmer. J'ai gardé toute ma vie en horreur les disputes et confrontations violentes : je préfère m'éloigner et claquer la porte.
Plus l'ambiance entre les époux se détériorait, plus ma mère s'isolait et plus mon père était absent.

Entre le retour de Sanary et le départ de mon père, il s'écoula 2 ans. Deux années compliquées, tendues, entre disputes et rapprochement. L'acte inconsidéré de cet architecte avait complètement brisé l'union de mes parents.

En 1935, mon père qui passait plus de temps à l'hôtel qu'avec nous, partit définitivement et s'installa progressivement avec Marcelle avec qui il entretenait une relation depuis 1934.
Avec ma mère nous habitions toujours le vaste appartement au rez-de-chaussée de l'immeuble de mon grand-père et il ne fut heureusement pas question de nous en déloger. Mon grand-père adorait ma mère et lui qui avait eu également des relations houleuses avec sa femme avec laquelle il eut finalement peu de vie commune ne prit pas parti dans la séparation de mes parents.

Le divorce n'eut pas lieu immédiatement, mais au bout de plusieurs années, à la fin de la guerre. Mon père qui était parti et qui vivait désormais avec Marcelle ne voulait pas avoir tort. Il ne voulait surtout pas que le divorce fut prononcé contre lui, ce qui l'aurait obligé à des concessions matérielles importantes. Aussi, il s'arrangea pour retourner l'affaire contre ma mère et monta un dossier de faux témoignages où ma mère fut accusée de relations extraconjugales qui remontaient à ce séjour dans le midi. L'histoire des lettres d'amour de l'architecte ressurgit à ce moment-là, de faux témoignages furent construits. Ma mère fut incapable de se défendre, il faut rappeler ici que le procès eut lieu au milieu des années quarante, à une période où l'on ne divorçait pas facilement et où le patriarcat était particulièrement dominant. Germaine fut accusée d'adultère et totalement discréditée. Elle avait un caractère très fier et une dignité d'un autre siècle : elle encaissa les accusations et l'ensemble du procès sans réagir et sans se défendre.

Tout ceci fut extrêmement douloureux et blessant pour moi, d'autant que je percevais parfaitement que les preuves qui furent apportées reposaient purement et simplement sur des mensonges et de la calomnie.

8- Après la séparation

À partir de 1935, et après le départ de mon père, nous restâmes dans l'appartement de Vichy, avec ma mère, mais il ne fut plus question de tenues de princes, ni d'aide ménagère, et tout juste de pension alimentaire. Nous étions passé d'une vie d'enfants de riches à une vie de pauvreté cachée.
Mon père partit au début de l'année c'est-à-dire avant la naissance de mon frère Jean. Ma mère accoucha le 7 juillet 1935, avec l'aide d'une sage-femme.

Avec ses 5 enfants, dont mon frère Jean qui était encore bébé, ma mère ne pouvait évidemment pas occuper un emploi, et puis elle venait d'un milieu où de toute façon les femmes ne travaillaient pas. Elle n'avait aucune formation et aucune ressource personnelle. La séparation la plongea et *nous* plongea dans le besoin.
Pour ne pas nous laisser totalement démunis, mon père assurait nos repas, mais guère plus, et d'une façon qui ne nous laissait aucune autonomie. Chaque jour, depuis l'économat de l'hôtel, nous parvenait un cageot garni parfois assez chichement et avec lequel ma mère devait assurer le repas de ses enfants.

J'ignore qui exactement supervisait la confection de nos paniers repas, je suppose que c'était mon père et en tout cas il n'y avait dedans que le strict nécessaire. En revanche, lorsqu'il partait en vacances durant tout le mois d'octobre, c'est mon grand-père qui s'occupait de remplir ce cageot. Et là, tout changeait. Mon grand-père aimait l'opulence et il était généreux. Il en profitait pour nous témoigner son affection : les proportions doublaient et il nous régalait de tout un tas de choses délicieuses.

J'avais de mon côté gardé une relation privilégiée avec mon grand-père, que j'aimais beaucoup. Lorsque je fus assez grande, j'avais le droit le jeudi (qui était alors notre jour de congé) de lui rendre visite, et je ne m'en privais pas. Je le rejoignais après le déjeuner au bar de l'hôtel où il avait l'habitude de lire le journal en buvant son café (et souvent un Cognac), et il m'emmenait au cinéma. Il adorait le cinéma, et choisissait des comédies très drôles mais qui n'étaient pas vraiment des films pour enfants. C'était des histoires de quiproquos amoureux, de comédies adaptées de vaudevilles parfois un peu scabreux et pas vraiment adaptées à mon jeune âge. C'est ainsi que je me souviens notamment du film de Pierre Colombier, *Le Roi*, avec Raimu, Gaby Morlay et Elvire Popesco, où un roi, une ancienne comédienne et un député se retrouvent embarqués dans un embroglio politico-amoureux... auquel je ne comprenais à l'époque pas grand-chose, mais dont la gaîté et les dialogues enlevés me ravissaient tout de même. Nous partagions ces moments sans un mot, tout cela était convenu entre nous, et seuls quelques regards suffisaient à nous comprendre.

Lorsque nous revenions, tandis que nous gravissions les premières marches de l'hôtel, il se tournait vers moi, plaçait son index en travers de sa bouche me faisait comprendre que cela restait entre nous !... Il m'offrait ensuite une limonade ou un chocolat au bar de l'hôtel.

En plus des cageots qu'il nous adressait par l'intermédiaire de l'hôtel, mon père payait nos écoles et versait à ma mère une pension minime qui nous permettait à peine de vivre.
Parfois, ma mère m'envoyait le voir avec une lettre. Je me rendais à l'hôtel, dans le bureau de mon père. Il lisait le courrier en poussant des soupirs outrés et en faisant de grands gestes agacés. Je lui demandais « Il y a une réponse ? », il me répondait fort et sèchement « Non ! ».
Lorsque j'avais 7 ans, j'avais commencé ma scolarité à l'institution Sainte-Jeanne d'Arc où la plupart des petites filles de la bourgeoisie vichyssoise étaient scolarisées. Après le départ de mon père, en 1935, j'y demeurai inscrite. Mais c'était très difficile pour moi de supporter cette ambiance hypocrite et j'y étais constamment punie. Je me souviens de plusieurs histoires qui me valurent les foudres de la directrice.
Une année des pensionnaires avaient été intoxiquées. Personnellement je n'étais pas pensionnaire, je rentrais tous les jours à la maison. Mais je savais que pour faire des économies, la directrice avait demandé qu'on serve des produits qui n'étaient plus très frais. J'avais dit cela en classe à ma professeure, qui choquée, fit venir la directrice à laquelle je répétai ma version des faits. Elle me traita d'impertinente et je

fus punie à copier 200 lignes d'une phrase stupide le samedi après-midi suivant.

Une autre fois, j'avais environ 11 ans, j'étais dans la cour avec mon amie Nicole et nous discutions ensemble. Cette professeure qui me pinçait toujours les bras, arriva et nous sépara brusquement en disant : « quand il y a deux petites filles ensemble, il y a le diable entre elles ! » Je n'ai rien compris à ça, nous étions tellement ingénues...

Des parents faisaient de gros cadeaux à l'institution, et leurs filles étaient du coup favorisées. Tous les trimestres nous passions un examen d'évaluation. Un jour, on nous annonce qu'il fallait nous remettre à travailler et que nous devions repasser cet examen trimestriel, car « tout était très mauvais ! »
Je lève le doigt.
_« Mademoiselle Louise vous avez quelque chose à dire ? »
_« Oui, Mademoiselle. Je sais très bien pourquoi nous devons repasser nos examens ».
_« Ah ? »
_« Oui c'est à cause de Germaine P., parce que ses parents font de très beaux cadeaux à la directrice, et parce que *elle* a raté ses examens, nous devons toutes recommencer ! »
_« Oh, mais c'est impossible ! Vous êtes vraiment insupportable, j'appelle la directrice !! »
La directrice arriva, me traita d'impossible, d'impertinente, et à chaque fois, je lui faisais une grande révérence ! Impertinente,

je l'étais sans doute, mais je ne pouvais pas faire autrement. Je ne supportais ni l'injustice ni l'hypocrisie qui nous entouraient dans cette école. Je crois qu'on m'aurait tapé dessus, cela n'aurait rien changé à ma détermination.

J'avais beau aller en retenue le samedi après-midi pour copier des pages et des pages de lignes idiotes, j'avais beau expliquer à ma mère pourquoi, elle ne me croyait pas. Elle était assez sévère et se disait sûrement qu'il ne fallait pas écouter les enfants mais plutôt croire les professeures qui lui disaient combien j'étais impertinente. Heureusement, la directrice qui ne m'aimait pas, prit un jour rendez-vous avec ma mère et lui conseilla de me retirer de l'institution. Je fus donc enfin libérée et à 12 ans je fus inscrite dans ce qu'on appelait à l'époque une école primaire supérieure publique.
J'avais changé d'école mais j'étais restée renfermée, taciturne et solitaire : à l'école je n'avais aucune amie. J'étais toujours assise au fond de la classe, et aucun professeur ne m'interrogeait jamais. Je me suis même demandée si les professeures de mon ancienne institution n'avaient pas colporté aux nouveaux ma réputation d'élève impossible !

Entre la séparation en 1935 et le début de la guerre, la relation entre mes parents garda tout de même une certaine diplomatie. Je me souviens que mon père venait nous chercher parfois le week-end et que nous rendions tous ensemble visite à mon frère Roland.

Il avait été inscrit chez les pères Maristes de Riom, à 60 km environ de Vichy et où il était pensionnaire. C'était un établissement austère et rustique où, dans la nuit des petits matins d'hiver, les garçons devaient casser la glace pour faire leur toilette.

À partir de 1935, mon père ne prit plus de vacances avec nous, mais louait pour nous une maison où nous passions tout l'été, Maman, mes frères et moi. En 1935 justement, ma mère était enceinte et accoucha en juillet. Dès qu'elle put se relever, nous partîmes nous mettre au vert dans la campagne Vichyssoise, dans le petit village du Vernet où mon père avait loué une maison de campagne. Je me souviens d'un incident qui s'y produisit et qui faillit mal tourner.
Un après-midi, j'étais avec ma mère et Jean qui était tout bébé. Nous étions dans une chambre, à l'étage. Roland et Albert qui devaient s'ennuyer, étaient descendus à la cave où se trouvait la chaudière qui alimentait la maison en eau chaude. Comme beaucoup de garçons, attirés par le feu, ils avaient ouvert la trappe et s'amusaient à alimenter le feu avec des morceaux de journaux et de cageots entreposés là. Il y eut sans doute un retour de flamme, et le feu sortit de la chaudière pour enflammer les stocks de journaux et de cageots. Ma mère qui trouvait la maison étrangement calme, me demanda d'aller voir ce que faisaient mes frères. Je vis alors Roland partir en courant, bondir par-dessus une barrière très haute et se précipiter chez nos voisins fermiers qui arrivèrent rapidement avec des sceaux d'eau. Tout le bas de la maison ainsi que

l'escalier étaient remplis d'une horrible fumée noire. Heureusement le feu fut maîtrisé, et rien de fâcheux n'arriva, mais je fus si choquée que je demeurai 2 jours entiers sans parler.

À partir de 1936 et toutes les années qui suivirent jusqu'à la fin des années 40, mon père loua une maison près de Busset, au hameau des « Collons ». Busset est un village aujourd'hui rattaché à l'agglomération Vichyssoise, mais c'était encore à l'époque un petit village en pleine campagne. Il est surtout célèbre pour son magnifique château, le château Bourbon-Busset. C'est un monument prestigieux, construit à la fin du Moyen-âge, et où vivent encore aujourd'hui les descendants d'une branche des Bourbons.

La maison que mon père louait était située à 3 km du château. Quand je fus un peu plus âgée, j'y allais en vélo pour y acheter des légumes, car il y avait là-bas un jardinier qui en cultivait et qui avait le droit de vendre le surplus à son profit.

Il y avait également un couple de gardiens dont la fille avait pu faire le lycée et qui était devenue enseignante. Elle me faisait réviser les mathématiques. Un jour, je lui demandai s'il était possible, en l'absence du comte et de la comtesse, de visiter le château. Elle me fit donc entrer dans cette sublime demeure, j'y vis les magnifiques salons, les chambres, la chapelle privée, et j'en garde un souvenir ébloui.

Comme nous prenions nos quartiers d'été dès le 1er juin, j'étais encore à l'école. Aussi durant tout le mois de juin, je partais à

6h le matin pour rejoindre la route qui quittait les Collons et rejoignait Busset. Maman y avait un couple d'amis, les Jameux, dont le mari était tailleur et avait une boutique à Vichy. Il s'y rendait chaque matin de très bonne heure en voiture et je profitais du voyage. Nous arrivions très tôt, je devais attendre à l'hôtel le début des cours.

Pour rejoindre les Jameux, j'empruntais un chemin qui traversait les champs : je voyais le soleil se lever et la lumière rasante illuminer les blés. C'était magnifique. En tout cas j'étais la seule à me rendre à Vichy : Roland était déjà interne chez les Maristes, il nous rejoignait plus tard, et mes jeunes frères restaient avec maman, qui s'occupait de les faire lire et étudier.

Aux Collons, nous avons passé de très beaux étés. Mes frères et moi nous y invitions nos amis qui passaient avec nous une ou deux semaines, parfois plus. Nous avions également la visite de ma tante Alice et de mon cousin Roger qui vivaient à Marseille. J'étais très proche de mon cousin qui avait à peu près mon âge et avec qui j'écrivais des « romans policiers ». Au début de l'automne, nous partions en forêt ramasser des champignons. Nous revenions parfois avec des paniers entiers de girolles et de mûres qu'on ramassait sur les chemins de campagne.

Quand j'eus fini l'école communale, vers 14 ou 15 ans, j'entrai au lycée. C'était un grand établissement mixte, dans le quartier chic des Parcs de Vichy qui s'appelait La Restauration, et qui avait été un ancien café. Il y avait une magnifique verrière et d'immenses plafonds. L'hiver il y faisait un froid terrible, et j'étais toute couverte d'engelures. En Auvergne, les hivers sont très rigoureux, et c'était encore plus le cas dans ces années-là. Lorsque les températures descendaient en dessous de -5°C, on nous renvoyait chez nous, non pas par humanité, mais tout simplement, parce que l'encre était gelée dans les encriers, et qu'il n'y avait plus moyen de travailler. J'ai terriblement souffert de ce froid et des engelures aux doigts et aux pieds. Très jeune j'ai eu les doigts déformés et des rhumatismes à cause de cela.

Un jour, le directeur du lycée me convoque et m'annonce qu'il songe à mon renvoi car il m'accuse d'être un élément perturbateur. Les garçons inscrits en classes de première et terminale gravaient mon nom sur les tables, et on m'accusait de les provoquer. Heureusement, malgré ma timidité, j'avais du tempérament et une certaine faculté d'argumentation. Je plaidai ma cause, et expliquai que les garçons ne m'intéressaient pas du tout, j'étais totalement innocente et je n'avais absolument rien à me reprocher. Le proviseur me crut et je ne fus pas renvoyée.
De toute façon, à l'issue de ma classe de seconde, je renonçais à poursuivre mes études. La guerre avait déjà commencé et nous manquions de tout. Je me souviens de cet hiver-là qui avait été très froid. J'avais été voir mon père pour lui demander de l'argent car j'avais terriblement besoin d'un manteau. Il refusa de le payer. Je me promis de ne plus jamais rien lui demander.
L'été qui suivit je m'inscrivis à cours de sténo-dactylo, à la suite duquel je trouvais grâce à Roland mon premier travail à la Radio française.

Chez les pères Maristes, Roland avait suivi une scolarité complète et passa son baccalauréat section philosophie, latin et grec. Il ne fut cependant pas question pour lui non plus de poursuivre des études, mon père considérait cela comme inutile et n'était pas prêt à le financer.

J'ai dit comme Roland était charmant et comme il s'attirait la sympathie des femmes. Une de ces amies, Denise Alberti, qui habitait tout près de chez nous, travaillait à la Radiodiffusion nationale qui en 1940 venait de s'établir à Vichy, avec le déménagement du gouvernement depuis Bordeaux. Elle y fit entrer mon frère qui commença ainsi une petite carrière dans cette institution.
Roland avait tout juste 18 ans, et fut bien sûr ravi de cette opportunité. En août 1944 suite à la Libération de la ville par les Forces Alliées, ce premier travail lui valu 10 jours de cachot. Tous les dirigeants de la radio mais aussi l'ensemble des animateurs – dont Roland faisait partie – furent arrêtés un peu sommairement pour collaboration. J'en fus scandalisée, car je considérais que mon frère n'avait rien à voir avec tout cela, il avait accompli un travail totalement apolitique et il n'avait rien à se reprocher. Du haut de mes 18 ans, je pris le train pour Clermont-Ferrand où il avait été interné, et je demandais à parler au commandant FFI responsable de ces arrestations. Je plaidais la cause de mon frère, mais aussi de Denise Alberti, Jean Fontaine et quelques autres pour qu'on les fît sortir du trou. Roland était assez fragile et il avait attrapé une jaunisse. Il sorti tout jaune de sa cellule.

Pendant la guerre, fort heureusement, l'hôtel ne fut jamais réquisitionné. Il faut dire que pendant les premières années de la guerre et de l'Occupation, Vichy se situait en zone libre. Ce n'est qu'à partir de 1943 que les Allemands occupèrent le reste de la France et s'établirent à Vichy, comme partout ailleurs.

L'hôtel de mon père et de mon grand-père était ouvert toute l'année, mais en dehors de la saison thermale, durant l'hiver il marchait au ralenti. À cette époque, on classait les hôtels selon une hiérarchie différente de celle d'aujourd'hui qui utilise des étoiles. Il y avait les palaces comme le Carlton qui étaient de somptueux hôtels très chers (ceux-là avaient été réquisitionnés), il y avait les bons hôtels, dont celui de mon grand-père faisait partie, et il y avait les petits hôtels, plus modestes. L'hôtel du Globe était en outre doté d'un très bon restaurant, qui grâce à la gestion de mon père avait acquis un statut de restaurant gastronomique. On y apportait les plats (viande et légumes) à table dans des services en argenterie, et les clients se servaient où étaient servis à leur guise. Aujourd'hui, même dans certains bons restaurants, on vous apporte directement votre assiette servie, et il faut souvent se contenter d'une nappe et d'une serviette en papier.

Ainsi, pendant la guerre l'hôtel du Globe garda une activité réduite et ne fut en tout cas jamais occupé.

On a beaucoup dit de mal de Vichy, dont le nom reste associé au régime du Maréchal Pétain. Mais, même si elle abritait le gouvernement qui avait choisi de collaborer, jusqu'en 1943, la ville était libre, non occupée par les Allemands. Peut-être du fait de la présence des institutions officielles et du gouvernement qui leur sembla alors protecteur, beaucoup de juifs choisirent de venir s'y mettre à l'abri.

L'hôtel du Globe abrita quelques uns d'entre eux. Je me souviens qu'on y vit Gérard Oury, avec sa femme (Jacqueline Roman), ainsi que sa mère et sa grand-mère qui avaient fui Paris et les arrestations. Ils séjournèrent un temps à l'hôtel de façon assez discrète pour se mettre à l'abri, du moins tant que Vichy demeura en zone libre. En 1943, avant que les allemands ne s'y installent, ils partirent pour la Suisse.

Au lycée de La Restauration où j'allais, il y avait beaucoup d'enfants de réfugiés juifs, et il n'était pas rare d'entendre parler yiddish dans la cour.

Cependant, ce fut une période bien difficile, comme partout en France : au plus fort de la guerre nous avons eu faim et froid. Nos conditions de vie qui étaient déjà délicates furent encore aggravées. Le cageot de vivres qui avait continué de nous être expédié était de plus en plus chiche, on y trouvait essentiellement des topinambours et des rutabagas. Et chez ma mère, nous étions nombreux et dotés d'appétits féroces. J'étais alors chargée de retourner à l'hôtel et de réclamer du rab à l'économat. C'était une corvée extrêmement désagréable. Un jour, on refusa de me donner plus que ce que nous avions déjà reçu. J'en fus humiliée et je ne retournais jamais là-bas. J'ignore encore aujourd'hui qui donna cet ordre, je suis encline à croire que ce ne fut pas mon père, mais peut-être Marcelle...

À partir de là, je devais prendre mon vélo et j'allais dans les campagnes environnantes afin d'essayer de trouver à manger. Je parvenais à trouver parfois des œufs, parfois du beurre, mais c'était difficile. À Vichy, résidaient le Gouvernement, tous les Ministères et l'ensemble du corps diplomatique, et enfin, à partir de 1943, l'occupant Allemand... cela faisait beaucoup de monde prioritaire qui se servait avant nous.

J'ai toutefois gardé en mémoire le souvenir d'une amitié directement liée aux circonstances de cette période. Tout près de chez nous, c'était installée la famille de l'ambassadeur de Bolivie, et je fis rapidement la connaissance de sa fille, Susana Calvo, qui avait mon âge. Entre 1940 et 1944, nous fûmes très liées, nous nous voyions quasiment chaque jour pour faire nos devoirs ensemble. Je me souviens d'une grande fête donnée chez elle pour la soirée du réveillon de la Saint-Sylvestre où nous avions été invité, Roland et moi. C'était une belle soirée, très gaie où tout le monde dansait. Susana parlait un français impeccable, sans accent, elle avait le type indien et de beaux cheveux très bruns. En 1944, elle repartit avec sa famille pour Paris, et je n'entendis plus jamais parler d'elle...

Après la Libération et la régularisation des diverses accusations pour collaboration, mon frère partit à Paris où il suivit la Radio qui réintégra ses quartiers parisiens. Quelques années avant, grâce à Roland et aux relations qu'il avait nouées dans le milieu de la bourgeoisie locale, j'avais également trouvé un travail. À la radio, on cherchait une secrétaire capable de s'occuper de diverses tâches administratives. Ce fut mon premier job. Je travaillais au siège de la radio, dont les studios avaient été installés dans un grand Palace de Vichy. Mon physique rendait jalouse les autres femmes et on me regardait avec suspicion. Pour cette raison je crois, on ne me donnait parfois pas de travail. Je me souviens qu'un jour de juillet, il faisait très beau, et j'avais interrogé à ce sujet un responsable, M. Pons. Il était bonhomme et me répondit avec un accent très méridional : « Mademoiselle Bourdin ! Il fait tellement beau. Allez à la plage ! ».

Puisqu'à la radio il n'y avait pas de travail pour moi, je fus « bombardée » secrétaire particulière d'Hubert Devillez, le directeur artistique de la radio. Il avait une santé défaillante et vivait couché une grande partie du temps. Il avait une grande maison à Cusset, une banlieue de Vichy, où j'étais chargé de recevoir les artistes qui venaient le rencontrer pour signer des contrats. On me faisait également taper certains dossiers.

Ce n'est qu'en 1946, à 20 ans que je quittai Vichy pour Paris où je fus accueillie par ma grand-tante Fernande, la sœur de ma grand-mère Louise, l'actrice bannie par son père. Fernande vivait dans un très joli appartement, rue d'Armaillé, dans le XVIIe arrondissement.

Ma grand-tante qui avait été veuve assez jeune après la mort de son mari (le lieutenant-colonel Wild qui avait reçu Louise Saar en Algérie) à la guerre de 14-18, avait fini par se remarier avec un très riche négociant en épices, Albert Daurces. Ils vivaient dans un immense appartement à Paris, avenue Emmanuel III, dans le VIIIe, pas très loin du Rond-point des

Champs-Élysées. Dans cet appartement de 14 pièces, tout Paris était reçu, ainsi que de nombreuses sommités algériennes. Ma mère se souvenait par exemple de Si Kaddour Benghabrit qui était un grand leader religieux et travaillait pour la France au ministère des affaires étrangères. C'est lui qui fonda la grande mosquée de Paris. Il est également connu pour ses actions dans la Résistance : il cacha de nombreux résistants et des juifs des griffes de la Gestapo.

Avec Roland nous avons été rendre visite à la tante de maman dans ce chic appartement parisien. À la mort de son second mari, Fernande s'installa dans l'appartement plus petit mais très agréable de la rue d'Armaillé. Il y avait un grand balcon qui longeait tout un côté de l'appartement. Lorsque je vins m'installer en 1946, j'occupai une jolie chambre qui donnait sur la cour.

9-Germaine

Comme la plupart des femmes de cette époque, ma mère avait passé presque 30 ans à s'occuper de ses enfants, et à partir de 1935 et du départ de mon père dans des conditions plutôt difficiles.
Mon père était parti, mais il n'avait jamais divorcé. Je suppose qu'il avait envisagé cela, mais que tout avait été stoppé ou ralenti par la guerre. À la fin de celle-ci, il saisit le tribunal pour entamer une procédure de divorce. Les événements qui les avaient séparés étaient loin, mais mon père ressortit cette histoire d'adultère et se débrouilla pour faire établir de faux témoignages. Ma mère fut accusée d'avoir trompé son mari, d'avoir entretenu une correspondance amoureuse avec cet architecte (les faits remontaient plus de 12 ans en arrière) qui avait bouleversé notre équilibre familial des années avant, à Sanary.

Germaine était une femme très droite mais aussi très fière. Je crois qu'elle endura ce procès et cette calomnie avec énormément de dignité et à aucun moment elle ne chercha à se défendre. Le divorce fut prononcé entièrement à ses torts, alors que mon père nous avait quitté 10 avant pour aller vivre avec sa maîtresse !

Pourtant elle ne garda aucune rancune de tout cela, et jamais je ne l'ai entendu dire du mal de mon père. (Pour être juste, je dois dire également que mon père non plus, malgré ses colères et ses agacements, ne nous a jamais dit du mal de Germaine).

Je me souviens même d'une anecdote qui montre comme elle était peu rancunière. Dans les familles bourgeoises, il est traditionnel de donner aux plus jeunes femmes les bijoux précieux qu'on se transmet ainsi de génération en génération. La sœur aînée de mon père, ma tante Andrée qui n'avait pas d'enfant avait un jour offert à ma mère un très beau collier en jade. Germaine avait été très belle, et même à un âge avancé, elle conserva une grâce et une élégance naturelle. Elle s'habillait d'un rien et tout était beau sur elle. Elle ne portait pratiquement aucun bijou. Un jour, alors qu'elle habitait déjà dans son petit appartement de Menton, elle me donna ce collier de jade et me dit « Tiens ! Tu donneras ça à Marcelle, elle en profitera certainement plus que moi ». Lorsque je rendis visite à mon père et à Marcelle dans leur maison du Cap d'Antibes où ils s'étaient installés pour leur retraite, je leur transmis le bijou et la réflexion de Germaine... ils en restèrent bouche bée...

Germaine vivait encore à une autre époque, une époque aux sentiments nobles et romantiques. Je crois pouvoir dire qu'elle vivait totalement au-dessus des réalités matérielles. Pour elle, ce qui comptait c'était les valeurs du cœur et de la religion et les valeurs des gens qu'elle aimait. Pour cette raison je crois, elle était royaliste. Tout ce qui relevait du calcul ou de l'intérêt lui était étranger, elle n'avait aucun sens de l'argent. Elle était active, s'occupait des autres, mais ne cherchait pas à occuper un emploi qui lui aurait permis d'avoir un revenu. Pour l'argent comme pour la plupart des choses, elle s'en remettait au bon dieu, ce qui avait le don de m'énerver. D'abord, parce que personnellement je n'étais pas croyante, et puis parce que c'est beaucoup moi qui m'occupais de sa situation matérielle.

Germaine était très croyante, mais d'une façon très entière qui n'avait absolument rien à voir avec de la bigoterie. Elle allait bien sûr tous les dimanches à la messe et était très amie avec le curé de la paroisse. Par son intermédiaire elle s'occupait des pauvres et se montrait souvent généreuse à leur égard. Certains étaient dans des situations dramatiques et effectivement, j'ai effectué avec elle des visites de familles extrêmement malheureuses. Je me souviens notamment de cette femme, une couturière chez qui le curé nous envoya un jour. Son mari était alcoolique et un soir il avait violé sa fille aînée. J'en fus terriblement choquée.

Germaine avait ce don de l'altruisme et de la générosité associé à des valeurs de droiture et de morale. Elle se disait qu'il y avait toujours plus malheureux qu'elle (et que nous, ses enfants) et tant qu'elle pouvait aider, elle le faisait. Elle faisait toujours passer son sentiment de la justice avant ses propres intérêts.

Dans un autre registre, je me souviens que pendant la guerre, nous recevions du monde le soir. Vers 20h30, on frappait à la porte, et j'allais ouvrir. Il y avait une certaine demoiselle de Bernice et un grand type, un père Dominicain qui s'appelait Bruckberger. Son père était autrichien et sa mère était auvergnate. D'autres personnes les accompagnaient parfois, et restaient assez tard à discuter avec ma mère. J'ai su plus tard que ce père dominicain avait été connu pour ses actions dans la Résistance. Ce que ma mère faisait avec eux, je ne l'ai en revanche jamais su.

Vichy fut libérée, tout comme Paris, fin août 1944, et comme dans la capitale, le retrait des troupes allemandes ne se fit pas sans un certain chaos. Le très joli hôtel de Néris-les-bains fut victime des derniers affrontements entre les allemands et les FFI, qui à partir du débarquement des forces alliées en juin 44 commençaient à sortir de l'ombre.
Cet hôtel dans lequel j'avais passé mes premières années et où j'avais été si heureuse, ce bâtiment magnifique avec ses vestiges romains et son ravissant jardin en terrasses avait été totalement saccagé.
Je fis le voyage depuis Vichy avec mon premier amoureux qui m'y conduisit en voiture. Ce fut pour moi un choc terrible. Les tapisseries des murs avaient été arrachées, le mobilier pillé ; les portes avaient été démontées, et avaient servies à faire du feu, à même le sol. Le jardin dans lequel j'avais passé tant de moments charmants était revenu à l'état sauvage.

La procédure de divorce entre mes parents avait été entamée, et réclamait le partage des biens. Cet hôtel que mon grand-père avait autrefois offert au jeune couple faisait partie de la communauté réduite aux acquêts.

Mon père voulait le vendre en l'état et si possible assez rapidement. Il était donc hors de question pour lui de faire des travaux de remise en état. J'aurais aimé pouvoir le racheter, mais j'avais à peine 18 ans, et pas l'ombre du premier sou. L'hôtel fut donc vendu dans l'état misérable où l'avaient laissé les FFI, il fut bradé au plus offrant.

Le résultat de la vente fut partagé, et ma mère qui n'avait pas de compte en banque, toucha donc une petite somme qu'on lui versa en espèces. Il m'est impossible aujourd'hui de savoir si le partage fut équitable, mais je n'en suis pas certaine. Une chose est sûre, c'est que ma mère ne vérifia rien, et pris ce qu'on voulut bien lui donner. Avec cet argent elle put tout de même s'acheter une petite maison, à Vichy. Il est probable que mon père toucha un peu après la guerre un dédommagement pour réparation de la part du gouvernement. Je ne pense pas qu'il ait partagé cet argent avec ma mère…

La nouvelle maison de ma mère se trouvait collée à un rocher, rue du Château, contre l'église Saint-Blaise. Côté rue, il y avait au rez-de-chaussée un petit local loué à un cordonnier. Sur le côté, on accédait par un escalier en pierre à un petit jardin, à l'arrière de la maison. On entrait par ce jardin dans la maison, où il y avait un appartement complet mais avec des pièces toutes petites : une cuisine, une salle de bain, une salle-à-manger et deux chambres. C'était une petite maison mais qui ne manquait pas de charme.

C'est ainsi que juste après la guerre, Germaine quitta le grand appartement où nous avions vécu au rez-de-chaussé de l'immeuble construit par mon grand-père pour s'installer dans son premier « chez elle ». Roland était déjà parti, mes frères Albert et Henri vivaient avec mon père. Personnellement je quittai également Vichy pour Paris, il ne resta donc plus que mon frère Jean, qui habita la petite maison avec Maman. J'y suis venue très régulièrement l'été lorsque j'étais en vacances. C'était un endroit charmant.

Maman et moi, été 1948 à l'époque de la petite maison de Vichy, quelque part dans le Bourbonnais

Tout aurait pu continuer ainsi et Germaine aurait peut-être vécu dans sa maison jusqu'à un âge avancé si elle n'avait encore été victime de son grand cœur.

J'étais à Paris très occupée par mes activités quand je fus un jour contactée par Madame Mounier, la mère de mon amie Nicole. Andrée Mounier remplaçait la plupart du temps son mari au greffe du tribunal. Son mari avait été prisonnier en Allemagne et avait contracté la tuberculose. Il avait une santé fragile. À ce poste, Andrée Mounier était au courant de bien des choses. C'est ainsi qu'elle enregistra un jour une hypothèque au nom de ma mère... Je ne sais pas si elle en discuta avec Germaine avec qui elle était très amie, mais elle m'informa rapidement de ce qu'elle savait : ma mère avait hypothéqué sa petite maison !

J'étais estomaquée, et je pris aussitôt le train pour Vichy. Ma mère m'expliqua simplement qu'elle avait dû aider une pauvre femme et son fils dans une situation difficile en leur prêtant une somme importante. Pour réaliser un emprunt en leur faveur, elle avait hypothéquée sa propre maison ! J'étais furieuse. Pour me rassurer, elle me montra un papier signé faisant office de reconnaissance de dette, mais je savais qu'elle s'était fait tout simplement escroquer. Ce papier n'avait absolument aucune valeur, et ce qui était sûr c'est que ni ces gens-là (qu'on ne revit bien sûr jamais) ni ma mère n'était en mesure de rembourser l'emprunt.

J'étais très en colère : depuis que j'avais 18 ans, depuis que j'avais commencé à gagner de l'argent, j'aidais ma mère. Je n'ai jamais cessé de le faire. Je fus horrifiée de ce qu'elle avait fait.

Afin de sauver ce qui pouvait l'être, je rachetai la maison pour la revendre aussitôt, avant que les intérêts ne « dévorent » la totalité de sa valeur. Je fis ainsi, tout alla très vite, et je pus sauver un peu d'argent que je lui reversai sous forme de pension. J'ai su par Roland que ma mère s'était plainte de mon attitude, mais elle avait fini par suivre mes résolutions. Heureusement, car sans cela, il ne lui serait absolument rien resté.

Je n'ai jamais eu la moindre discussion à ce sujet avec elle.

Ainsi Germaine dû quitter sa petite maison de la rue du Château, en 1952. Mon frère Jean qui avait presque 17 ans vint s'installer chez moi puisque je venais de quitter mon studio de la rue Chanez, porte d'Auteuil, pour m'installer dans un grand appartement avenue de Suffren. Pour ma mère, ce fut le début d'une période où elle n'avait plus de logement fixe. Elle habita par intermittence et pendant plusieurs années dans le studio de la rue Chanez que j'ai conservé pendant des années car il était petit mais confortable, avec un loyer très modeste et qu'il était situé dans un quartier vivant et commerçant. Mais en été, elle partait régulièrement pour séjourner en Picardie dans la maison de mon frère Roland, ou bien en Normandie, au Château des Aoûtés, à Doudeville. Ce château appartenait à la comtesse d'Estaintot, descendante célibataire d'une ancienne famille de la noblesse régie par des valeurs d'un autre temps, mais qui n'avait pas su valoriser son patrimoine ou qui en avait perdu une partie durant la Révolution. Malgré une situation moins resplendissante que par le passé, la comtesse avait gardé un très joli château dans le pays de Caux. Ma mère avait connu la comtesse par une certaine Madame Seins qui venait chaque année faire une cure à Vichy. Elle et son mari étaient de bons amis de Renée d'Esteintot qui leur louait un appartement dans son château. M. Seins était receveur des Postes, peut-être à Doudeville...

J'étais mal à l'aise de la savoir à nouveau dépendante. Je convoquais mes frères pour une réunion de famille. Albert vivait déjà à Tahiti et n'y participa pas, et mon frère Jean non plus car il était encore trop jeune. Mais avec Roland et Henri qui gagnaient tous les deux leur vie de manière très correcte, nous nous associâmes afin de verser une petite pension à Germaine.

C'est également à cette époque qu'elle fit la connaissance d'une dame, une infirmière pied noire, Yvonne Laÿs qui vivait et travaillait à Casablanca à l'hôpital Colombani. Elle proposa à ma mère qui cherchait à se rendre utile de venir avec elle s'installer à Casablanca où on avait besoin de bonnes âmes pour soigner les lépreux. Ma mère qui avait beaucoup de sang froid accepta.

Et c'est ainsi qu'elle partit, au milieu des années 50 pour le Maroc où elle s'installa quelques années, à Casablanca. Elle logeait dans la villa de la famille Laÿs à qui elle payait un petit écot. Son sens de la charité fut comblé par ce travail. Elle le faisait avec beaucoup de dévouement et de sérieux.

Elle travailla ainsi quatre ans à Casablanca à l'hôpital Colombani.

Germaine (à gauche) avec les sœurs Laÿs. Yvonne, qui proposa à maman de venir à Casablanca lui fait face, tout à droite sur la photo.

À son retour, l'errance recommença, elle habita un temps chez moi car je m'étais marié avec un riche Brésilien et je lui laissai mon appartement parisien, elle allait également chez mon frère en Picardie.

Mais mon mariage ne dura que deux ans, et après mon divorce, en 1965, à mon retour du Brésil, je me mis en quête de lui trouver un logement fixe.

Un ami m'avait appris qu'à Menton, d'anciens palaces avaient été reconvertis en appartements. Ils se trouvaient sur les hauteurs de la ville, et on avait une vue magnifique. Le climat de Menton est exceptionnel, pour ma mère qui avait toujours eu une santé un peu fragile c'était idéal.

Je pus louer un appartement pour maman. Je l'avais décoré, aménagé et équipé : meubles, vaisselle, draps... tout y était.
Ma mère s'y installa avec grand plaisir : elle put enfin y poser ses valises.

À cette époque je travaillais à Paris, je m'occupais d'un magasin de décoration. J'allais souvent la voir là-bas, et j'avais même fini par acheter moi-même 2 petits studios. Depuis celui que j'occupais quand je venais, je pouvais aller à pied en Italie, en longeant des rues bordées de citronniers et d'orangers.
Je m'occupais de payer le loyer de maman, et de son côté, Roland s'était arrangé pour faire valoir son activité d'infirmière à Casablanca et lui racheter des points de retraite, ce qui était encore possible à l'époque. Ainsi, elle avait une petite pension qui lui permettait de vivre modestement, mais de manière autonome. Elle avait retrouvé là-bas des amis pieds noirs venus s'installer dans le midi après l'Indépendance du Maroc. Elle était indépendante, faisait de longues marches dans les collines. Menton est une ville magnifique et elle était dans les années soixante moins urbanisée qu'aujourd'hui. Germaine y avait des amis, mais elle était demeurée cette femme solitaire qui lisait et écrivait des poèmes. Elle lisait au moins un livre par jour et ne sortait jamais sans son dictionnaire sous le bras !
Germaine fut très heureuse à Menton et vécut là-bas jusqu'à sa mort.

Vers le début des années 70, elle commença à se plaindre de douleurs dans les seins et d'une grosseur qui la gênait, mais refusait d'aller voir le médecin. Je la pressais de se faire soigner et elle finit par se décider, mais il était déjà beaucoup trop tard.

Elle fut opérée et obtint grâce à cela une année de sursis. Mais le cancer la rattrapa et elle fut de nouveau hospitalisée. Cette fois, elle fut traitée par radiothérapie. J'allais la voir, régulièrement, et j'étais étonnée de ne jamais rencontrer le médecin qui la suivait.

Un jour, je fis un rêve, où un docteur m'annonçait que ma mère était perdue.

Dans la vraie vie, comme je n'avais jamais pu voir son médecin (je crois qu'il me fuyait) je me rendis à l'hôpital Pasteur de Nice, et je m'installai dans le couloir, à la porte de son bureau. Je le guettai pendant plusieurs heures. Je finis par le voir et lui demandai de me dire ce qu'il en était exactement. Il finit par m'avouer qu'il ne pouvait plus rien pour elle.

Elle mourut le 12 juillet 1974.

Elle fut inhumée dans le caveau de famille des Bourdin, à Vichy.

Germaine, toujours très chic, dans les années 50, à Casablanca.

10-Conclusion

Pourquoi avoir écrit ce texte ?

Il y a quelques années, un de mes neveux a fait tout un travail de recherche et de publication du journal de guerre de René Bourdin. Car mon père avait tenu, entre 1914 et 1918, soit pendant tout le conflit, un journal assez détaillé où il avait consigné le quotidien de cette expérience peu banale qu'est la guerre.

Marc, mon neveu, s'est chargé de ce devoir de mémoire, il a dactylographié les carnets de son grand-père, et leur a ajouté photos, glossaires et préfaces. Ce travail impressionnant a été envoyé au Ministère des Armées et Marc a été félicité pour sa contribution. Ainsi publié et complété, le *Journal de guerre* de René Bourdin est conservé au Mémorial de Verdun.

Dans les préfaces qu'ils ont respectivement écrites, mon frère Jean et mon neveu parlent de leur rapport à René, et racontent aussi quel homme il était, le père pour l'un, le grand-père pour l'autre. Ma mère est évoquée rapidement, surtout pour rappeler comment mes parents « ont raté leur rencontre », comment leur mariage fut « un malentendu total ». Germaine apparaît comme une femme assez dure « qui [porte] un jugement sévère » sur les comportements de son mari, tandis qu'il est excusé, lui puisqu'il est revenu de l'Enfer.

Je ne partage pas cette vision des choses qui est celle de mon frère. Je la partage d'autant moins que Jean est né en 1935, et n'a donc pas été témoin des premières années de mariage de mes parents, entre 1920 et 1935, années pendant lesquelles ils avaient été heureux.

Et puis lorsque l'amour est évoqué, c'est de Marcelle dont il s'agit, la seconde femme de mon père, qui est longtemps demeurée pour moi une ennemie.

Quand mon père nous a quitté en 1935, j'avais 9 ans, et j'en fus bouleversée. Mon père s'installa avec Marcelle et je ne pouvais m'empêcher de la détester, puisqu'elle avait pris la place de Maman.

Aujourd'hui, j'ai bien sûr relativisé mon jugement d'alors, et je ne pourrais pas nier que Marcelle convenait beaucoup mieux à mon père que ne l'avait fait maman.

Pourtant, je pense que mes parents se sont aimés aussi. Je trouve absolument injuste de passer cela sous silence. Je garde cette blessure et le regret de notre famille unie, avant le drame de Sanary et le départ définitif de mon père. Je garde aussi et surtout une sorte de colère en moi parce que j'ai le sentiment que Germaine a été sacrifiée dans toute cette histoire. C'est encore et toujours René le héros, alors que (et Jean ne s'en cache d'ailleurs pas dans sa préface) il a été presque totalement absent de notre éducation. C'est ma mère qui s'occupait constamment de nous, qui nous a transmis sa bonne éducation, qui nous a appris à lire, à nous comporter dans la vie. Mon père était absent de tout cela.

Raconté aujourd'hui tout cela peut paraître anecdotique, mais lorsque les événements se sont déroulés, nous étions enfants et tout cela revêtait alors une importance considérable pour nous. Je suis toujours très choquée aujourd'hui lorsque j'entends des parents mal parler à leurs enfants ou se comporter de manière inadéquate. Il me semble que les adultes ne sont pas suffisamment attentifs à leurs enfants et qu'ils semblent ignorer l'importance que leurs paroles et leurs actes peuvent avoir sur la santé et l'équilibre de ceux-ci.

Aussi il me semble juste aujourd'hui de parler de Germaine, de notre enfance, des histoires familiales qui ont conduit à la nôtre ; mais aussi de révéler cet événement qui a marqué pour moi un tournant à la fois dans mon histoire personnelle (puisque je suis la seule à en avoir été témoin) et dans celle de notre famille. Cette histoire a profondément marqué la mienne. Et je garde la conviction qu'elle a renversé toute notre vie. Je ne peux toujours pas supporter l'idée que ma mère ait été injustement accusée, et qu'il en soit résulté qu'une autre femme s'installe à sa place.

J'ai besoin également de dire ici ce que je pense de ce couple qui s'est un jour invité dans notre famille pour la détruire.
Cet architecte qui se permit un jour d'écrire et d'envoyer des lettres d'amour à une jeune femme mariée, mère de quatre

jeunes enfants est pour moi totalement irresponsable. Et que dire de la femme de ce même architecte qui se rendit chez mon père pour lui révéler une hypothétique relation adultère qu'elle ne prit pas la peine de vérifier ? Elle fut sans doute poussée par la jalousie, jalousie qu'elle a dû éprouver en s'apercevant de ce que son mari éprouvait pour ma mère, et jalousie bêtement féminine parce que Germaine était vraiment très belle. Elle a agi impulsivement, entraînée par un sentiment d'orgueil blessé, mais je lui ai gardé une immense rancune toute ma vie. J'en veux terriblement à ce couple d'avoir détruit notre famille.

J'en ai également longtemps voulu à mon père d'avoir simplement accepté de croire ce que lui révélaient des étrangers plutôt que de se rendre compte que tout ceci n'était que des mensonges. Et surtout de s'être abaissé à monter de faux témoignages afin que son divorce d'avec Germaine fut prononcé aux dépends de celle-ci.
Pendant 10 ans, suite au divorce officiel qui fut prononcé en 1945 je refusais de reparler à mon père. J'étais très en colère.
En 1956, j'étais à Saïgon pour le tournage d'un film, *La Rivière des trois joncques*. Je fus contactée là-bas par un ancien camarade de régiment de mon père. Il vint me voir et me parla de René, de leur terrible expérience de la guerre et c'est grâce à cet homme qu'une partie de ma colère contre mon père retomba. Je parvins tout simplement à relativiser et à comprendre comment les facteurs de la vie qu'on ne maîtrise pas toujours avaient profondément marqué le caractère de mon père et l'avaient rendu fragile. J'ai dit comment René passa

toute sa vie avec un pistolet sous son oreiller. Le traumatisme de la guerre l'avait rendu méfiant et comme chez beaucoup d'ancien poilus avait laissé de profondes traces.

René a fait face aux événements de la vie avec ses blessures et son histoire comme nous faisons tous avec plus ou moins de bonheur.

Ainsi à partir de 1956, j'ai renoué contact avec mon père et avec Marcelle. C'est l'époque où ma mère partit à Casablanca et où une nouvelle vie s'ouvrait à elle. Nous étions devenus adultes, les années difficiles étaient derrière nous.

Mais si ma colère était apaisée, il demeurait en moi une volonté de faire justice à ma mère, car Jean a beau dire que la rencontre de mes parents fut basée sur un malentendu, je garde la conviction que leur séparation et le « déclassement » de ma mère repose sur une calomnie.